有风

王杨 著

远方出版社

图书在版编目（CIP）数据

有风 / 王杨著 . -- 呼和浩特 : 远方出版社，
2019.5
ISBN 978-7-5555-1299-8

Ⅰ . ①有… Ⅱ . ①王… Ⅲ . ①诗词 – 作品集 – 中国 –
当代 Ⅳ . ① I227

中国版本图书馆 CIP 数据核字 (2019) 第 069808 号

有风

YOU FENG

作　　者	王　杨
责任编辑	云高娃　敖尔格勒玛
责任校对	云高娃　敖尔格勒玛
装帧设计	王晓霞
出版发行	远方出版社
社　　址	呼和浩特市乌兰察布东路 666 号　邮编 010010
电　　话	（0471）2236473 总编室　2236460 发行部
经　　销	新华书店
印　　刷	临沂市大阳印刷有限公司
开　　本	145mm × 210mm　1/32
字　　数	188 千
印　　张	7.75
版　　次	2019 年 5 月 第 1 版
印　　次	2019 年 5 月 第 1 次印刷
标准书号	ISBN 978-7-5555-1299-8
定　　价	38.00 元

自序

窗外正下着小雨。

四点半以后的法庭，庭审大都结束了，所以通常还算清静，我也喜欢在这时候写点文章。

我的身边没有人写诗。这是我在一开始动笔之前就已然清楚的事实。我记得上中学的时候写诗，老师或者同学多少还会投来欣赏的目光；上大学、工作以后，我一度不敢告诉别人我写诗，仿佛这是一件令人感到羞耻的事情。如此，也不过是一些文学边缘化的通常表现，实在也不必多言。

巴西作家保罗·柯艾略在《牧羊少年奇幻之旅》中说："当你想要某种东西时,整个宇宙会合力助你实现愿望。"去年春天起，我在微信自媒体上开始零星写作，写小说、散文和诗歌。尽管法院的日常工作纷繁，但我尽量挤出些时间来留给读书和作文，我以为这让我得到了不少的宁静。后来，有作协找到了我，有杂志编辑、媒体记者也找到了我，我便渐渐改变了起初的漫不经心。

诗歌与其他体裁不同，它充满极强的个人感情色彩，并且每个人的情趣和好恶不同，文学修养和品位不一，也就意味着一首诗不可能得到所有人的喜欢，所以我可以接受任何评价。

我始终认为，生活是该有点诗意的。吃喝拉撒睡，柴米油盐茶，只要你把它想成诗，它或许就能是一首诗。

窗外的雨落了多时了。

今年年初买的一盒霍山黄芽只剩最后一小勺了，烧了开水，泡了三回，喝到没味之后，我站到窗前，决定结束这本写了一年左右的诗稿，诗集的名字很早以前就想好了，就是《有风》。

是为序。

王　杨

2018 年 12 月于南通

目录

良夜

炎昼灼虐难当
案牍纷繁
唯此良夜静坐书房
可堪一时俯仰

归乡日程趋近
凡事安排妥当
然自古近乡情怯
行道迟迟
生此闲愁不胜凄惶

夜寂寂
一人一灯一窗
悠悠数载
渐次明白
此乡彼乡
不过尽是他乡

诚觉世间无一可爱
匆遽之归，亦不必期待

一个人坐着

一个人坐着
面对秋日的晴空
总觉得对谁有所亏欠似的

于是开始寻找
一些简单的事情做
捡起一片落叶
观察一汪清水
或者
把落叶放在清水中
把清水倒在落叶上

生活的奥义
总在无事的时候
才能体会

同时，要说万物的生机
都在春天
恐怕也不尽然

好雪

有一年
也是这样的季节吧
外出旅行
自驾途经天堂寨
天气奇凉
沿街酒肆无一开张
同行者四人
餐风宿雨
饥肠辘辘无以复加
幸遇一老妪
引至家中
提供酒饭，须以现金
支一张桌子
做吊锅鸭
喝一种极苦的粗茶
饭菜极咸且辣
有酒极烈，当地称为曲酒
我等不以为意
热汗淋漓，囫囵饭毕
夜色苍茫
外头竟已下了一小指厚的雪了
众人喧阗

争相致电以告
似没见过雪一样
老妪笑着取走吊锅
添了火炭
遗以板栗数枚
这样闲谈、喝茶、赏雪
全忘记了昼日的辛劳
直到深夜老妪困乏
赠以干笋数扎
方驱车远走
我记得分明
也是这样的季节吧
但我再没见过那夜似的好雪

特别的事

其实我总想约你
并没有什么特别的事
只是想见见你
看你的眉眼是否总笑着
不笑的时候
是否总也为爱情感到忧愁
吻你的嘴唇、脸颊、手背
问问你的近况
像天空每夜守着月光
清晨等待太阳

其实我一个人
活在这世上
并没有什么特别的事
我好好活着，并写诗
都是要你知
我无时无刻不想
一路小跑着去赴你的约

十一月

在薄雾的清晨
你穿一件松松垮垮的毛衣
临着窗子坐下
有一点慵懒
也有一点好看

你回想起昨夜的梦
于是鼻头一酸
忍不住流下泪来
流着泪但不去擦的女人脸蛋
真是美呵

因为孤独从来无人懂的缘故吧
你愈发地沉默寡言
一个人独处的时候
悲伤更加真真切切

一尘不染的玻璃窗子
代表着冬天最寒冷的部分
也许是件值得纪念的事情
你拿起尚未翻开的日历本
不舍地，勉强一笑

就地分别吧
你抬起头
看到渐渐陌生的梦
连同垂头丧气的十一月
正像雾一样散尽

霜降

倘若一个人一安静下来
就莫名其妙会难过
四季交替
这时恐怕已是深秋了

树上结满肥美的柿子
我想起我的童年
淘气，挑食
对柿子从无好感
但如果现在变成孩子的话
我想我会吃吃看

秋天的特别之处在于
它总会让人陷入某种沉思
在落叶纷飞的秋日黄昏
没有人不百端交集
没有人不思念母亲

是日

小雨竟日
寒天里诸事不宜
倦而懒起
梳二八分头，着小棉
穿高帮猪皮制鞋

匆忙中早餐未及
持伞而出
风凉适
青云繁密
与人同袖其手
立等公车
形如木鸡

女子戴蓝色口罩
眼神飘忽
行为古怪
穿梭人群之中
宛若灵魂出窍

车中温热如薰
老者踉跄
提一只活鸡
观者寂静

如死
下车时鸡鸣
举众骇怪
险复摔跤

雨中行车
恰如浪摇轻舟
中年男性司机
面容憔悴
疲惫则冷淡
习惯则无言
但凭老少上下
如观细雨起止
全不费精神

临窗而坐
车外景遇
尽可入眼
人生艰难之状
此刻最可体悟
因以喜乘公车

堂中稍坐
讼争无休
一如菜市
腹隐隐痛
饮热茶一杯
巧克力一枚
渐觉舒缓

案牍劳形既毕
读书写作
借以聊赖
无端看几回云
吹几回风
费香烟两支
凑步程二百

夜来闭门独坐
不问世事
早寝高卧
或者一二良朋
闲聊
小酌
不日落雪
则可以通宵

想人之一生
苟非淡薄处之
安能如此欢喜
不然邀名射利
恓惶奔走
恐怕终年际遇
也将全如是日般
风雨交加

向晚

斜日向晚
偶得闲暇可以独处
随手翻开几本书
发觉读书未必都要静的
抑或需痛饮
抑或需啜泣

周遭永昼尽是喧嚣
无所事事之人佯装忙碌
禄蠹之辈呼笑喧阗
冷眼观之
仿佛人人皆有忧心之事
而我静坐书房
假装我没有

每日必要见一两个讨厌的人
每日必要做两三件可憎的事

倦而观天，月有风晕
明日恐有大风

大雾弥漫的冬日清晨

风在人间沉默着
何时突然变成了雾
是因为阳光无法照透云影的内心吗
我不知道

这样的天气
是雾正在人群中迷路
还是人群正在雾中迷路
我不知道

我戴一只雪白的口罩
究竟是为了阻隔雾霾
还是为了掩人耳目
我不知道

但我知道
拥堵的马路上
因为摄像头并不清楚
所以人们趁机违反规则
投机取巧在这时候可以相互原谅

我也知道

楼宇林立的城市街道
彼此近在咫尺但老死不相往来
没有大雾也同样如此

此时，摩肩接踵的人间世
你可以路遇故人视而不见
你可以因为心事重重、慌不择路偷偷地掉眼泪
可以觉得前路茫茫上帝同样不会关心
但你不能在雾中迷失你自己

今天搭公车的人尤其得多
拥挤而热切的呼吸使挡风玻璃模糊不清
人们往往习惯把眼前的困扰交给他人
同时还对他人的种种困扰
不停地指手画脚

公车司机不停地摁喇叭
乘客不停地假装咳嗽
在这大雾弥漫的冬日清晨
人人怀有心事
人人盼望云开雾散
不过都是
为了寻找存在感

距离感

无论是家庭装饰还是
个人打扮
你都尤其喜欢格子系列
格子桌布、格子窗帘
格子大衣、格子衬衫
钱包、袜子、杯垫
我问你原因
你头也没抬
淡淡地说
因为它们
充满了距离感

雾霭

你托腮坐在窗前
这可恶的
弥漫在时间血液里的雾气

一切似乎都慢了下来
你的眼神凝滞
不去想更远的月亮

其实这样就很好
没有多少人
没有多少声音

也不用防备我
有许多人都在等一束光
去叩开你的窗

无论太阳什么时候出来
你就坐在那里好吗
那么，早点晚点也就没有关系

此时你我互相看不清
窗扉明亮是你

雾霭沉沉是我

所以，你是唯一的太阳吧
你看这世上除了你
其余都是雾

冬天的难过

常走的小路上
银杏叶落满地
无风无雨无人驻足
冬天的难过没有声音
只有寒冷
那是另一种声嘶力竭吗
我不明白的是
人在难过的时候
应该大哭一场吗
那为什么
为什么我哭不出来

小雪

今日小雪
然而这里不会下雪
本是可以预见的
初冬并不冷
街头的寒意不太明显
一天之中，从中午便开始的慵懒
本是可以预见的
也没有什么朋友
空旷的街道落叶纷飞
一人走着
三分钟走完八分钟的路程
本是可以预见的
屋内阳光充足
五只橘子随随便便放在桌上
静静散发怡人的清香
你会在甜美的午觉之后
吃掉其中一只
或者
两只
本是可以预见的
今日小雪
然而这里没有下雪
我想，你会从你裹紧的被子里
带给我短暂的雪意
和一整个洁白的下午
这是可以预见的

随想

车子停在落叶堆积的林子里
小雨淅淅沥沥
落在每一寸晦暗的车窗上

一条狗在我车前徘徊
它不断低头嗅着积水的大地
它不断抬眼观察危险的人间

车子的里程数已经快到七万公里
随着它对生活的忠实记录
我的一年也即将告一段落

雨落在每一个行走的或者静止的人身上
雨落在每一条大声叫唤或者沉默的狗身上

使我渐渐看不清窗外的不是连绵的雨
是我，是我自己的呼吸
让我无法看清眼前的一切
从而拥有了片刻的安宁

以前的冬天
小孩子喜欢在蒙了雾气的玻璃窗子上

画画、写字，甚至表白
他们原本就知道雾气会即刻散去的
但仍然乐此不疲
现在想起来是一件有意思的事情

一位老人

十一月的冬日阳光并无分别地
照到了他和其他乘客的脸

他原地立正心不在焉张望窗外
同时对车上的一切风吹草动都兴趣浓厚

他装行李用的黄色蛇皮袋上印着“尿素”
眼前的不为他所见的玻璃窗上印着“安全”

他眼神恍惚躲避人群脸色凝重
他的老伴坐在他身后紧握栏杆一动不动

我想他为生活所累但他什么也不说
我想我的生活看起来不错
但无数行色匆匆的陌生人揪着我的耳朵

他到站下车是第三人民医院
他的老伴腿脚不便只能扶着他的肩
颤颤巍巍但迫不及待躲避司机愤怒的双眼

他们准备过马路但车流穿梭充满危险
他们犹犹豫豫来回三遍都没有走到对面

此时初冬的凉又唯独选中了他们苍老的脸

有意思的是公车每到医院时乘客基本下完
有意思的是他方才站立的地方阳光格外温暖
让出来的座位颜色是像天空一样的浅蓝

我希望他的黄色胶鞋可以早些离开城市
我希望他可以庆幸年老至此才步入窒息的人群
我希望他明白，前路漫漫一切都很难说

小晴冬

1. 明信片

短暂的阴雨
并未使整个世界
变得潮湿
相反，我的房间里
暖气腾腾，催人欲眠
坐在那里不知道做什么了
想写一张明信片
仅仅是收件人一栏
便无法落笔的悲哀
持续了一整个上午

2. 心上人

窗外悬着一朵冬日的云
它像我心上人的眼睛一样
过于洁白
让人迷失
云或许是天空的眼睛
它飘来飘去
为天空寻找心上人

画画、写字，甚至表白
他们原本就知道雾气会即刻散去的
但仍然乐此不疲
现在想起来是一件有意思的事情

一位老人

十一月的冬日阳光并无分别地
照到了他和其他乘客的脸

他原地立正心不在焉张望窗外
同时对车上的一切风吹草动都兴趣浓厚

他装行李用的黄色蛇皮袋上印着“尿素”
眼前的不为他所见的玻璃窗上印着“安全”

他眼神恍惚躲避人群脸色凝重
他的老伴坐在他身后紧握栏杆一动不动

我想他为生活所累但他什么也不说
我想我的生活看起来不错
但无数行色匆匆的陌生人揪着我的耳朵

他到站下车是第三人民医院
他的老伴腿脚不便只能扶着他的肩
颤颤巍巍但迫不及待躲避司机愤怒的双眼

他们准备过马路但车流穿梭充满危险
他们犹犹豫豫来回三遍都没有走到对面

画画、写字，甚至表白
他们原本就知道雾气会即刻散去的
但仍然乐此不疲
现在想起来是一件有意思的事情

一位老人

十一月的冬日阳光并无分别地
照到了他和其他乘客的脸

他原地立正心不在焉张望窗外
同时对车上的一切风吹草动都兴趣浓厚

他装行李用的黄色蛇皮袋上印着“尿素”
眼前的不为他所见的玻璃窗上印着“安全”

他眼神恍惚躲避人群脸色凝重
他的老伴坐在他身后紧握栏杆一动不动

我想他为生活所累但他什么也不说
我想我的生活看起来不错
但无数行色匆匆的陌生人揪着我的耳朵

他到站下车是第三人民医院
他的老伴腿脚不便只能扶着他的肩
颤颤巍巍但迫不及待躲避司机愤怒的双眼

他们准备过马路但车流穿梭充满危险
他们犹犹豫豫来回三遍都没有走到对面

此时初冬的凉又唯独选中了他们苍老的脸

有意思的是公车每到医院时乘客基本下完
有意思的是他方才站立的地方阳光格外温暖
让出来的座位颜色是像天空一样的浅蓝

我希望他的黄色胶鞋可以早些离开城市
我希望他可以庆幸年老至此才步入窒息的人群
我希望他明白，前路漫漫一切都很难说

小晴冬

1. 明信片

短暂的阴雨
并未使整个世界
变得潮湿
相反，我的房间里
暖气腾腾，催人欲眠
坐在那里不知道做什么了
想写一张明信片
仅仅是收件人一栏
便无法落笔的悲哀
持续了一整个上午

2. 心上人

窗外悬着一朵冬日的云
它像我心上人的眼睛一样
过于洁白
让人迷失
云或许是天空的眼睛
它飘来飘去
为天空寻找心上人

此时初冬的凉又唯独选中了他们苍老的脸

有意思的是公车每到医院时乘客基本下完
有意思的是他方才站立的地方阳光格外温暖
让出来的座位颜色是像天空一样的浅蓝

我希望他的黄色胶鞋可以早些离开城市
我希望他可以庆幸年老至此才步入窒息的人群
我希望他明白，前路漫漫一切都很难说

小晴冬

1. 明信片

短暂的阴雨
并未使整个世界
变得潮湿
相反，我的房间里
暖气腾腾，催人欲眠
坐在那里不知道做什么了
想写一张明信片
仅仅是收件人一栏
便无法落笔的悲哀
持续了一整个上午

2. 心上人

窗外悬着一朵冬日的云
它像我心上人的眼睛一样
过于洁白
让人迷失
云或许是天空的眼睛
它飘来飘去
为天空寻找心上人

修路

小雨三日初霁
他们重新开始劳作
他们抽干河水
砍光草木，挖断桥墩
黑色的淤泥翻腾
散发出浓烈的腥臭味
稍离几步
却反有热带雨林的气息

一个工人拿着铁锹
在庞大的挖土机下
收拾细小的瓦砾
毕竟是人工
少时
他疲惫地抬起头，擦擦汗
却正好与我隔岸相望
我们彼此打量
营造出一种亲近的陌生气氛

我看得出他想说什么
他讲
这里本就没有多少人走

不知是谁
偏要修出一条路来
随后，我假装咳嗽了三声
他低下头
我知道
他是明白了我的意思

夜色，街道

夜色中的青年路只表演笑脸
夜色使它不得不装作好人

红绿灯因为鲜有人关注
而变得异常迟钝

就像人只有面对更加急迫的境地
才更有可能丧失心智

楼下的龙虾馆仍然放着烂俗的歌
它若非为了吸引食客
和混淆自身对好恶的认知
早就被服务员弃之路隅

夜色清凉但少有人知
白日燥热却车马蜂拥

通宵读书的年轻人和整夜看门的老大爷
要是能有其他的选择
他们都不会如此

寂寂的街上

两个醉醺醺的男人摇摇晃晃
一只狗隔着一条黑色的水沟和一堵白色的墙
朝着他们乱叫

我想此时颜色单调的城市
应当允许醉汉、狗吠和破口大骂后的
抱头痛哭

这里一整天都在下雨

猫和树林都湿漉漉的
鞋和袜子泥泞不前
小雨下个不停
深秋的街道上
许多人抽着烟
其中包括我

我在思考爱与婚姻的关系
此时我正在雨中
持一把雨伞如持一把拂尘
我想我打不打开伞
雨都会一直下
这跟有些人不管爱不爱
都会选择或接受婚姻
在某种意义上
差不了太多

据说

一位九十多岁的老头
躺在法庭门口赖着不走
据说他被儿子遗弃
财产悉数被挥霍
如今无家可回
据说他三天没有进食
但仍不愿意吃免费的法庭午餐
据说他到此是为了起诉儿子
但又不忍心让儿子成为被告
据说他是一名老党员
嘴里不停念叨着党和国家的好
据说他曾是一名语文老师
教了一辈子的书
桃李满天下

我转过身去想找个人笑着讲起这个故事
在据说他指望法庭为他养老以后

尾随

在十月临终之前
我尾随着她
穿过一条一条的街
那是一个抽烟的女人
穿着一身男人的衣裳
她行色匆匆
完全注意不到我的声响

我悄悄尾随着她
像时间悄悄尾随着我
十一月
或是十二月
更多生活的问题
正像一条谄媚而心怀不轨的狗
尾随着我

她走得很快
但漫无目的
距离不远
她无意识地兜兜转转
仿佛在带着我绕圈圈

我意识到某种危险
于是我驻足不前
所到之处
是我常去的一个小院
它的后面是一条偏僻的小巷
那里落叶堆积
我根本找不到
落脚的地方

自己的名字

深秋的午后
窗下读书的人
尤其困倦
日子紧挨着一个日子
像河滩上的一汪水
紧挨着一汪水
多么容易混淆呵
我们过着同一天
也过成同一人

我们目睹着同样的事件
体会着同样的悲欢
我们勉强地讨论世界
互相吹捧，保持陌生
只有在一日三餐面前
我们才敢偶尔发表
不同的意见

树下一些凋零的红叶
无所事事
时间将会起一阵风
届时，我们与落叶
同时蜂拥而上
急急忙忙
失去自己的名字

我想

我想去见一个人
但我没有什么事情
我想与那个人无所不谈
但我没有什么话题
我担心对方感到厌倦
发现我说话吞吞吐吐，结结巴巴
我担心我安宁而脆弱的内心秩序
在对方的沉默中迅速瓦解，崩塌
我想告诉那个人
我的怯懦、慌张和渴望
但我无法留住对方
那个人过于坚定和清醒
而我无助，同时迷茫
我深深爱着一个人
但我说不清楚为什么
我时时刻刻想要见到那个人
但我没有什么事情

致谢

十月末小雨绵绵
朋友小聚烹茶饮酒的天气
打开窗子
我试着与秋天交谈
我问它假如把一个月中的
三十个日子重新拆散
组合
那么所谓的欢愉记忆会不会
也只是一些滥调陈词
而所有后悔莫及的事情
说不定都可以自圆其说

无论如何，十月渐渐隐去了
树上的一些颜色各异的叶子
尚未落下的
成为秋天遗留给我们
感知人生苦短
最后的机会

我闻到风中有桂花香气
穿过细雨，沁人心脾
有一些暧昧的情绪夹杂其中

此时远处应再有些隐隐的笛声才好
呜咽抑扬，若有若无
这样就像极了爱情

我将对这样的一天说声谢谢
秋天呵，秋天
我恍惚飘摇的诸多心事
在你这里
才不至于只是惊鸿一瞥

风景——致女法官

听他们说起面包和玫瑰的时候
法院篱笆外的晨风正软，细柳新开
三月份的早天里
时光在钟表对岸消逝
沉默的鲜妍的花朵在悄悄
画起下个晴春的眉梢
色彩匆促
南川河畔，花香漫天

当记忆再次找到青春时的故事
你满是细语叨叨
稚嫩凶猛的法律梦想
和羞于言及的那些完美的破碎
千姿百态的那些离奇的色彩
说不尽的往事是说不尽的法院历史
沉默的是河流，前行的是人生
是淡宁的眼神里归乡的逻辑、经验、法则
是深情
是崇川法院优雅的灿烂的荣誉的湖泊

本该有些大提琴的悦耳
或是梵婀玲的清澈

然而，在你孤独纯粹的乐章里
尽是些法槌的零落
暗色系的法袍、冷暖交织的文书体格
还有不谙风月的流光把疲惫
皱纹、细雨梧桐、点滴黄昏
一切，女人不应拥有的季节
统统写上关于你的格式条款

起初的颠簸可以避免一路的酸痛
静寂的南川河终是海的潮涌
在崇川法院
你们头上那些从疏朗到璀璨的星辉
你们脚下这片从忐忑到坚实的土地
都将炫耀你的成长

而谁都明白
当你成长得越高
眼前的风景便愈发迷人

隔壁的女人

隔壁的女人
总是以泪洗面

他们说她的哭声像午夜的猫叫
他们说这声音真让人烦

前年夏天
她的丈夫驱车来自高原
途经此地，卸下一车冷漠
慌乱的她以及孩子
奔向了四川

五百六十八天
他电话不接，去信不还
生活的臭水沟灌满她的腰线
孩子把她的乳房咬出了血
这血在丈夫踹她下车时
就留在了她身边

她不觉得疼
她把孩子放在摇篮
看到自己的妊娠纹一路往上

爬满了脸

她的头发凌乱
无光的下午，阳台暗淡
路过的人说这里午夜时常有猫叫
说不定有一只猫的腿被人砍断
无人照看
也无人可怜

摇篮里的孩子，喉咙里燃起了火焰
火苗在整个屋里乱窜
她抱起孩子
晃啊晃
假装自己是一条救火的小船
她把血迹未干的乳头塞到孩子嘴里
说宝宝不哭，宝宝不喊
爸爸回来，听见要心烦

黄鲫鱼

五月末的一个清晨
静寂的村庄迎来一场大雨
乌云降落，河水冲垮了田埂
一个老人站在地头，扛着铁锹
焦虑地看着田野里的庄稼

离地不远是他的家
烟囱里冒出好闻的稻草味
有一个满脸皱纹的老妇人
与他有不同的焦虑

她猫在低矮的草屋里
眼神忧郁
乌黑的灶台上
放着一篮等待晒干的黄鲫鱼

麻雀

五月将尽
大雨沛然而至

我注意到有一群麻雀
在檐下避雨
它们缩头一字排开
与周围盛大的草木相比
显得无关紧要

公交站台有七八个老妪
蹲在地上拿着小铁铲
她们动作迟缓但目光炯然
地上有各色的漆字广告
我想油漆发明之时并未想到
有一天会是清洁工人的心腹重患
我想这五颜六色的油漆
要是抹到白发老妪的头上
该是什么样子
然而，落在她们头上的
除了雨水和旁观
并无其他

她们的腰该是不好
一遍一遍立起又蹲下
蹲下又立起
尽管雨水浸透了她们的衣衫
雨衣雨鞋使她们动作艰难
她们还是握紧了手中的铲子
而握紧了铲子
就是握紧了生活的脖子

雨势不停
行人匆匆
我躲在车里
对窗外的一切
无能为力

难得

小雨
一人枯坐窗边
远处有孤灯零落
想起你

花正半开
酒饮微醺
静夜
风雨故人来
来人正是你

诗人在九月纷纷无言

未必会来
未必会走
灵感，是生命的疼痛
诗人在九月纷纷无言

美的事物固然美
但也别为她痴癫
芳华易逝
何况移情别恋
又随处可见

许久无信来
我这里已是秋天了
一些记忆，黑暗
如泥土抱紧了我
诗人在九月常常无言
既然如此，那么
你爱也罢
不爱也罢

随便说说

净身出户
都是随便说说的
我还没听说过谁为了离婚
会把自己阉了的

随园所见

1. 老朋友

每日清晨路过篮球场
我都注意到有四个老头
他们穿着背心、球鞋和短裤
满头白发在那里打球
尽管移动缓慢，上篮艰难
但仍可判断出他们年轻时身手不凡
我没见过他们聊天
休息的时候他们围坐一起
也只是各自喘吁
彼此无言
我想他们应该是那种最好的朋友
否则不会天天如此

2. 食堂里跳舞的学生

几个学生吃饭时谈笑风生
旁若无人
她们聊电影聊音乐
聊昨天的一堂有趣的课
后来越聊越开心

甚至起身跳起了舞
她们扭动着身躯
大多纤瘦婀娜
朋友蹙眉
毫不掩饰自己的不适
我懂得他的不适源于除了他以外
其他人对此并不感到意外
源于他本身已经不再年轻

3. 工人与路人

有一幢四层小楼正在修缮
工人从高空不断向下摔着瓦片
是灰色的可以倒映鸽子的那种
同事说
真希望站在上面的是我
这真是一个释放压力的妙招
出于礼貌，我笑笑
我本想告诉他
工人一定希望成为你
在酷热的夏日午后
他也想一边喝着冰饮料
一边调侃着路人

4. 下雨

清晨醒来突然想要去跑步
满怀期待穿好衣服
才发现外面落着雨
这雨不是我所熟悉的雨
事实上
它与以往任何一场雨都不一样
这雨也不是我所期待的雨
它不该或者说不能够
落在一个宿醉的酒鬼的窗外
雾蒙蒙的正西方向
传来一阵军队里特有的起床号
我重新躺下
枕边有昨夜未醒的酒

需要一场大雨

这世上没有哪个文明的国家
风景日夜不分
而我却生存在这样的国家
细化到一个城市
昼夜回转，到处都是汽车
到处都是疲惫的人群
随时都有建筑工人敲敲打打
随时都有屈辱和谩骂
我渴望见到一个神志清醒的人
然后告诉他
这座城市需要一场大雨

这些日子
我发觉周遭出现了四个工地和两条狗
当然也可能是同一条
它整晚阴晴不定无缘无故地乱叫
还总喜欢挑我读书写字的时候
我不懂兽语，这很麻烦
因为我无法断定今夜的狗吠
与昨夜的狗吠，内容是否相同
这也让我渐渐迷惑今日的生活
与昨日的生活，到底有没有发生变化

我把耳朵和脸尽量贴到窗子上
清凉的夜风提醒我
我迫切需要一场大雨
这条恼人的狗也是

雪中

在大雪纷纷整晚后
我断定清晨会有爱情发生

最美的街道
常常人迹罕至
最好的事情
都是不期而遇

冬日清晨
寒冷保护着柔弱的雪
但是太阳总要出来
雪很快就会化了

一个姑娘和几个孩子
在公园里打雪仗
不留神，打到了过路的小伙子
他木讷、笨拙
像大多数寒风里的人们

可是小伙子
太阳要出来
雪很快就化了
你一转身
姑娘很快就走远了

遗忘

不可遗忘的
向来就是遗忘本身

没有什么人或事
生来便赋有遗忘或者被遗忘的属性

你整天不断地玩手机
就是不想遗忘

清明时节，雨纷纷
也是不想被人遗忘

在你尚未遗忘之前
世上还没有什么值得你遗忘

饮酒

昨夜小饮
倏忽入睡
梦中依然饮酒
数人围坐，推杯换盏
十分热闹
然而不感到快乐
饮酒就像在雨后初霁的公园里
随便走走
未必非要很快乐的
我不喜欢饮酒本身
然而热爱酒后之人
那时候的人最脆弱
也最接近真我
那时候的人
最容易做孩子气的梦

雨中

下雨时只有雨水本身热爱下雨
下雨时只有淋雨的人感到凄楚
电闪雷鸣一整夜
不出门的人不知道有人彻夜赶路
不落地的鸟不知道雨水冰冷入骨

我们害怕雨季胜过害怕画地为牢
我们咒骂雨天以为晴天就并不糟糕
我打开窗子时四野风声呼啸
落魄的行人在雨中自乱阵脚

这一夜他滴酒未沾

这一夜他滴酒未沾
但是头痛欲裂
有十几辆渣土车成串经过
它们统统来自观音山
通向碧桂园

他必须得打开窗
才好安心地把烟抽完
月色微凉
烟雾尽量躲避人的呼吸和光的直射
显得并不仓皇

事实上，除了忧心忡忡的钢笔
所有事物和人都并不仓皇
它力求像陌生人一样
走过已然全新的五月
带着遗憾和自负
悄悄走过

身边能说话的人越来越少
他因此愁眉不展
同时发现黑暗已将书房团团围绕

他自觉不能昼夜不息
终有一时会被黑暗吞噬
他滴酒未沾
也是因此

今天的我尤其喜欢你

就直说了吧
今天的我尤其喜欢你
但不知道明天会不会
既然爱情需要滋润
我想我们就一直往前走
找个水源
去到古老而疲惫的海边
去到潮湿而阴冷的月亮尽头
去到你的双腿甚至是灵魂的更深处
都行

你要我只爱你一个人
我就做一只猫头鹰
我不需要白天
白天的太阳也没有你亮
我就喜欢黑夜里只有你
世上只有你一道光
可是直说了吧
我不可能只爱你一个人
我还要爱天空和水
爱失落的书籍和野兽
爱孤独

爱我自己
爱所有以上的，你爱的一切

山川千年以前是山川
海水千年以前是海水
你昨天还是你自己
今天就成了我
我也就成了你
如今我放弃我手上的一切
包括这缓慢的时间
混蛋的睡眠
只想你早点爱我
我觉得这世界好大好空好无聊
还好有你，好远好美好破碎
你要是也爱我
我就是个罪犯
是个浪费成瘾的赌棍
你有丰饶辽阔的土地
你有澎湃繁茂的森林
你有壮烈低垂的黄昏
我要拼命浪费你的风暴与晴朗
浪费你的光阴
你的精力和视线
浪费你的嘴唇乃至于子宫
直到你说我们应当休息

那么我就休息
我就趴在你的怀里
做一只猫
我就当你夜晚的口水
当你挤不完的青春痘
当你的扁桃体
当你的痒心虫
当你密密麻麻的血脉
当你一次又一次的春潮
当你都答应了吧
答应我现在逢人就说
今天的我尤其喜欢你
明天也会

钓客

一个的戴草帽的中年男人
独自在河边钓鱼
身后的小院篱笆上
开满五颜六色的小花

一个高明的钓客
不仅需要非凡的技巧
魅人魅己
更需要
摸清鱼儿时刻提心吊胆的
底细

在这一点上
钓起来几条鱼
不啻于一件残忍的事

有时，男女之事
与钓鱼无异

谷雨过后

谷雨过后天气确实回暖了
但春天确也逝去了
所以这三天也便阴沉沉的
打不起精神的时候
你选择看几本闲书
你就坐在现有的逼仄的书房里
旁若无人，又煞有介事地轻声读
读得是一本封面破旧的诗集
你蹙着眉头
显然对诗人的某些忧郁无法认同
可你并不知道你当时
有多么美
你或许也知道或者说应当知道
读书就如同黑暗里稻谷长毛
面团发酵
它们自然、无声
有时还被人定义为糟糕

黄梅天还早
这三天的阴雨并不算长久
但屋外湿气仍然很重
你关上窗子关上手机

想要对霏霏的世事视而不见
你拉窗帘，开台灯
那光亮使你想起了去年冬天的
某个夜晚
那时你和一个满脸涨红的男孩
执手相望
说明天一定是个大晴天

你的书总也读不完
他们说你文艺、知性、好学
你却总觉得他们在嘲笑你
你在艳阳高照的午后读书
你在大雪纷飞的夜里读书
你试图寻找不再厌恶这个世界的理由
于是你总要读书
你读书时可以艳阳高照
你读书时可以大雪纷飞
其实你读书
还不是因为孤独

送别——献给李敖

是一个春雨的中午
母亲正在准备午餐
我放下太宰治的书
被喊到厨房帮厨

乍暖还寒
母亲提醒我不要脱掉毛衣
我不听
只穿一件白色衬衫

我认真洗着芦蒿
有黄鱼的鳞堵住了水槽
母亲把睁着眼睛的鱼放进蒸箱
回头又去照看鸡汤

用抹布擦手的间隙
我拿起手机，知道你的死讯
于是疾呼，向母亲惊讶地传达
她尝了一口鸡汤
被烫了嘴，不耐烦地说
哎呀，今天这鸡买得不行

我沉默，低头切菜
母亲打开水龙头
把水槽收拾干净
一个人的死就是清水流进下水道
是蒸箱的热气消逝在窗边
好像发生了什么
又好像什么也没发生

芦蒿下了锅，母亲好像想起了什么
突然好奇地问我
李敖是谁
窗外有冷风吹来
我打了个喷嚏
小时候，母亲告诉我
打喷嚏是因为有人在想你
但此时，她并不知道我在想着别人

逃避

我进一步确信白天的我
并非真正的我
通常，在黑夜里
我更加熟悉我自己

我渴望成为更多的别人
渴望在每个陌生的地方
都能遇见另一些相似或是相反的我

我对着镜子咒骂对方并无回音
我朝着黑夜漫谈理想感到恶心
我听见远处有人对着心爱的人不慌不忙地啜泣
听见有姑娘在书堆里奋力伸出手臂
我还听见往常的白日梦话
在将错就错的日子上
撒下大把大把的盐巴

没有人认得出久病成医的我
假如我一字不说

我选择沾沾自喜
我选择独自逃避

途中所见

公车突然急刹车
母亲搂住看手机的儿子
几乎摔倒
儿子说，那晚上就吃日本料理吧
母亲说，料理是什么吃的

光明南村北门路口
一个老头席地而坐
神情悠哉
跟前放着十来棵青菜
我很想问他
这菜，你卖不卖

路过一片坍圮的废厂房
玻璃碎裂
像深夜里月下的树影
有一大片白色的小花围绕着盛开
像是在说我们和它不一样

下班后的公车上
所有人都在玩手机
低着头，一脸疲惫

只有一个盲人，拿着手杖
朝着窗外
始终面带微笑

前面走着一个女生
刚洗过头，味道好闻
我很喜欢她头发的颜色
她戴着耳机不紧不慢
不像是下班回家
应该是去见一个喜欢的男生

有一间低矮的瓦房
隐隐在高楼之间
我喜欢它的样子
和里面正发生的事情
它使我想起少时的村里
此刻也有袅袅炊烟

一个背着书包的男孩
出神地望着窗外
不小心坐过了站
他沮丧地走到后门那儿
又出神地望着天
我断定此时
他的耳机里正放一首伤感的歌

有个中年人在河边小便
我皱眉，心里埋怨他不讲卫生
等过了红绿灯
看到一个清洁工
也松开腰带
走向了河边

一个青年总去扶他的挎包
因为包总要从他的右肩滑落
我拍拍他，跟他说
常常要掉，是因为太轻的缘故
你可以试试放两本书

如果你不懂什么是生活
你就多去车站里坐坐
老人惮于路远
情人悲欣交集
众人各有所思
人人都是过客
那里是一个迷你的社会

卖烤红薯的老者
频频徒手伸向火中
我想起母亲的手
多年来风霜成茧
即使握住一杯开水

也不会感到疼痛

小区里月季盛开
草木葱茏
有个女孩掏出手机
想要拍几张照片
却东张西望
生怕被人看见

阴有小雨

已经是第三天了
房内尽是雾蒙蒙的灰色
桌上一只玻璃瓶中装了水
我没有插花
总觉得百合不好
玫瑰也不佳

临行前
折给你的细柳
枝头已发了新芽
我的眉头常常下起小雨
它的树上常有一只乌鸦

偶然想起你时
就煮一碗粳米粥
米汤翻滚，翻滚
像远处归来的车轮
再泡一杯茶
就能看到水塘里落满了芦花

三月，比我想象中的要阴冷
要漫长
而你我都在这世上
无论如何
也算是一件美好的事情

追杀一只苍蝇

多日以来
都是同一只苍蝇

然而除了桌上的红星墨水
我找不出它能果腹的其他食物

未免打草惊蛇
我守株待兔，以逸待劳
我欲擒故纵，笑里藏刀
我声东击西，围魏救赵
但生活告诉我
一只历史悠久的苍蝇拍
比纸上谈兵的三十六计要更管用

苍蝇本无意飞入一间没有食物的书房
我也无意真正要杀之而后快
然而我如临大敌，恫之驱之
它仓皇而逃，视我为洪水猛兽
却是事实

人与人之间的交往
也莫过于此

不是所有的人
都有空闲和精力去追杀一只苍蝇
也不是所有的苍蝇
都有机会被一只两块钱的苍蝇拍打死

穿过台风

穿过台风的时候
有雨穿过你的眉梢
也穿过我自己
我的心潮无法平静
对你的思念曲折
如一汪皱巴巴的积水

世界离离蔚蔚
有苔藓清白的香
雨水来来往往
我靠近窗子，捧一杯茶
看云看风看你
你在枝头在云端在水上
在一切情不自禁又羞于启齿的
古老情话里

阳光摇摇晃晃重新找到你
阴雨无以为继
云和风同时慢了下来
你的身影在日光中越拉越长
直到杯中的茶喝到无味
我再次起身

你换成了另一种模样

你呀你
别再黯然神伤
你呀你可知
你笑起来极好
身上有好闻的味道

祭祖

过年前
父亲带着一家去祭祖
去跪拜，田野里密密麻麻的坟
坟头除了燃尽的荒草
还有人们送来的酒食，纸钱
和自我毁灭的大红色鞭炮
父亲把鸡、鸭、鱼依次摆好
每个碗里必要有一只头
它们闭着眼睛
似乎在做着梦
儿子也在做梦
他不知道坟里埋得都是谁
他一个接着一个地朝着低矮的土堆磕头
有些莫名其妙
父亲看得出来
但父亲并不生气
他告诉儿子
除了我父亲的坟
我也大多不认识

苦夏

夏天
在泡一杯热茶
你我是水里
沸腾的苦

昨夜梦见漫山遍野的雪
冰川在脚底流动
清晨起来
身子躺在地板上
口水流了一脸
空调冷气
弥漫

生活带给我们各式各样的疑问
和经不起推敲的答案
你我之间
恍然如昨日的睡眠

我要去一个很远很远的地方
暂时告别夏天
独自出发，不动声色

立秋

不是立秋
不会有人注意到路边
已有大片的落叶了
然而
立秋于我
似乎为时尚早

我明明看见我的影子
在滚烫的墙上汗流不止
豆大的汗珠落到草地里
转瞬消失无踪
我明明看见成批的孩子在大白天
在大人的眼皮底下
溺水
男人一根一根地抽烟
女人在烈日下把泪哭干
我明明看见一只蚊子绕着我的小腿
转了几圈
终于以它极其自我的方式
与我发生关联
我没有感觉到痒
却依然决定把它拍死

这个时节
有许多事情
还过于夏天
这个时节
有许多事情
我还没有做完

落端云

是一家串串店
在随园对面
这里不仅有牛肉、花甲，红糖糍粑
还有各样的冰啤酒
于是我们来到这边

老板短发、文身，带着耳环
对于店里的特色菜十分自信
同时说一不二
抢着为食客点单
而我们只有点头的份儿

同盆中的鱼虾禽蛋一致的是
我们也失去了某种自由
我们必须等待它做熟
等待它上桌，再等待它冷却
然后一根一根撸下来
就如同当初人们把它一根一根穿上去

牛肉鲜嫩多汁
毛肚爽脆
蔬菜怎么煮也不如肉类好吃

是因为我们也是肉类
是因为我们在咀嚼肉类之时无比熟悉
是因为我们只有在吃它们的时候
才会自动忘却了我们曾可怜它们
它们临死前的哀鸣变得毫无意义
是因为它们在盆内
我们在盆外

走出店门
一阵热风使我周身烦躁
小瓶的冰啤酒显然没有达到我的预期
那位老板白白嫩嫩，胸前微微隆起
但我并不觉得
她是一位女性

穷途之哭

我一丝不挂
自荒野而来
出发前喝了半斤酒
背了几首诗
诗里告诉我，再遇穷途
就放声一哭

我受够了既定规则下的路
城里路好多
城里路难走
城里人失语
城里人迷途

知了

这时候，知了仍在树上
只是不叫
它似乎知道叫了
就告别夏天了
就承认自己已是秋天了
对于这世上许许多多静悄悄的变故
知了已不知了
它像被一阵凉风噎住了
它巴巴地仍在树上
只是不叫
它又像是被季节遗弃的孤儿
它叫还是不叫
并不由它自己
人间的道理
不过是一群故作聪明的人总在不断
取代另一群故作聪明的人
至于知了知不知道
至于一个人为何会在一棵树下对着
一只孤独的知了
一言不发
没有人说得清

此刻

嘴边正在爬满胡茬
眼睛干涩
酒精灼烧胃肠
在黑夜里干渴
并非明智之事
寂寂无声
我试着参透天花板的白

想到爱情和大海
它们与这黑夜一样
充满假象和谎言
在爱情世界
人人都有许多事情讳莫如深
直到死去的那天
仍有可能秘而不宣
它们同时被另一个人收藏
生命里无端想起
心中暗潮汹涌
像海浪拍打沙滩

就算带上最好的眼镜
在黑夜里
也看不清墙面原有的裂痕
这使我对于即将来临的清晨
充满期待

独行有感

燠热难当
独行的人无所事事

无所事事的缘由
并非无事可做

寻了整个夏天
寻不到另一个你

然而你那样好
寻到了
亦并非好事

我放慢了脚步
在一棵树下
闭上眼睛

蝉声不绝
我想
它有它的念想
忌惮，企图，和遐愁
我没有

缘故

黄昏前
我打马路过一片坟墓
看到自由的名字时
满目荒芜
马儿惊呼

马儿惊呼
是因为孤独的缘故
是因为它有一千亩草原、一万双眼睛
仍旧没有自由

它可能怀念旅行前亲爱的石磨
和磨盘四周塌方的泥土
毕竟它们彼此谙熟
一见如故

欲望将要油尽灯枯
我穿上丧服
双眼血红
是因为夕阳的缘故

漂流

人们都来漂流
无非想要体验
有惊无险的感觉

漂流十余里
千山万水
不抵一心一意
漂流十余里
只我独独望着你
你望着我

确定无疑的是
漂流把喧哗和骚动都给了我们
是我们把沉默留给了我们自己

浅草

你无处不在
如春天里浅草把大地撕开
我打马路过
前前后后，左左右右
你郁郁葱葱
我无处可走

我故意无处可走
其实春雷一响
我就无处可走
我如帆船停在你浩荡的江心
我把方向忘记
任由你漂泊

我愿意无处可走
在你无处不在的春意里
春雷响起
其实是我的马蹄叩开了大地之门
其实是我的眼睛在假装
看不见你一触即破的春心

生活一种

我想要的一种生活
不过是身上常备一本书
到了哪里都可以读
即使坐公车时拿出来
也不会招致任何人怪异的目光

盛夏

雨忽得下了，雷声轰隆
阳光退得很快
赶在了蝉声发现之前

室内一片昏暗
使我一度拒绝读书
对面有几道残垣
再后面有屋檐
我想起来，如果不下雨不起风
它们不会被人发现
事实上
它们也不再有存在的必要

几只汗流浃背的鸟
泊在一根颤巍巍的电线上
呼朋引伴
电线下坠成弧形
与张满的弓一样
危险，暧昧

我想到在黑暗里点一支烟
然后保持沉默

天空由黑变灰再变雨林绿
不出意外，十几分钟后
城市将重新晴朗
一切泯然如故
一切都将说明
盛夏已经实实在在了呀

疼痛

深秋的树，为了四季分明
落尽在天空的阴谋里
在无端寂然中纷纷死去
爱情如引火自焚
烧毁了自我
疼痛了生活
濒死，才是婚姻

整整一个十月
你想必都沉默在孤独的深渊里
不忍告诉你
我也一样
为了生活的教义
我也一样

相思

因为听说明天有一场雨
我让屋外的鸟雀们都散了
嘈杂地飞去不知名的远处
或许会路过，与你一般模样的
千篇一律又空空如也的窗

月光抛去成见和企图
放出疲惫的光
却无法同时找到我们
你与我呵
比从千万公里以外而来的月光更远

我生了病
一切美丽的想象都是病因
我病在人们爱你
人们都如虔诚的信徒
又是视死如归的征夫
而我提心吊胆
以你的故事果腹

因为听说明天有一场雨
冷人的月
脸上便长满青色的苔
慌乱的书房里慌乱的我
正如此毫无指望地想着你啊！

相遇

在一家灯光昏暗的小店
里面卖烤肉，牛蛙
也卖炒饭和啤酒
你就静静坐着
远离城市
远离人群
远离后工业社会
此时
我确信我是最原始的那一只野兽
隐秘，野蛮，同时苍白
我也是最无所事事的那一只野兽
心虚，胆怯，同时饥饿

在你把目光从水杯之后投向我的时候
我分明看见了你的笑
只是那笑容短暂，神秘
并无所指
它遗落在一只透明的玻璃杯口
难以复制和采摘
这使我忧愁

在我人迹罕至的旷野上
你咀嚼食物
同时咀嚼我的虚妄

我的荒芜
你大快朵颐
使我更加断定
我的生活出现了问题
大多是因为你
还有因为小店里的灯光
昏暗里，仍然找到了
你的耳朵，鼻子
和迷人的眼睛

一顿饭的时间
何其短暂
你饮尽最后一口凉茶
目光转向结账的服务员
那是一位再普通不过的服务员
她忙碌，疲惫
还与我不同的是
她渴望你起身而去

我不一样
我们或许都与她不一样
时间是一位贪婪的驯兽师
他不断鞭打我的脊梁
此时此刻
我疼痛，哀号，被迫抬起头
却正好看清了你的侧脸
同那月光一样白

欲雨

外头
天突然黑了
仅有一只慌乱的飞鸟
在空中留下一抹白
你还没有回来
这里打雷了
我要起风了
我下雨了

当雨落到一片孤独的叶子上
当叶子被行色匆匆的人
踩得哗哗作响
你还没有回来
我下雨了

知秋

他们说
莫名的情愫才是美好
具象的爱情最无聊

天空正飘满细雨
大地脸上长满黑色的伞
是行人故作深沉的忧郁
是大地的眼眸
雨落不到地上
也该忧郁
你的眸子如此清澈
也不该凝望着我

十里长街无人
偶有青色的烟
你孑然在雨里
如坠落的松塔

你沉默啊，没有讯息
像消失了一样的寂静呵
爱情落不到我们头上
也该忧郁

离别的雨声越来越大
零散的记忆越来越模糊

我是慌不择路的落水狗
我有一些害怕
还有一些忧伤

搬家工人

一辆搬家的卡车轰轰隆隆行驶在我的前面
一个皮肤黝黑的顶着湿毛巾的男人眼神茫然
坐在车厢里
周遭堆满各样的家具
他茫然
是因为他卖光了自己的力气
不是为了讨好自己
是因为他正离开的和正要去的地方
并不是他的家
他每天都待在别人的家里
驻足，沉思，劳作
讨价还价
但事实上，他该知道
不论是谁的家
以前都有别人住过

我深踩油门超车
看到货车的空调座椅上
一个年迈的男人忧心忡忡地握着方向盘
一个满脸疲惫的妇人漫不经心地打着瞌睡
前面是红绿灯，我急刹
一片干枯的叶子被车轮碾过
它踉踉跄跄地飘到斑马线上
它理所当然地被清洁工扔进了垃圾箱

春分

呀！今天是春分
怪不得燕儿飞回来
田野里人们忙碌着摘野菜
嫩笋还在锅里
母亲说今年的螺蛳
又鲜又肥真是可爱

有一个小女孩
蹲在一棵树下
静静地，一言不发
那里有一道青苔
正爬上她二十七码的小布鞋

院子里摆好了菜
我热一壶酒，把大门敞开
村头的黄狗吠了两声
怪不得早晨左眼跳得厉害
原来我只要一想起你
你就会飞回来

春困

仿佛檐下春光里的灰尘漫不经心地将落不落
仿佛深夜烛光中惊魂未定的线香的青烟渺渺
仿佛小雪初霁后天空尽头氤氲着的浑浊的水汽
仿佛轻微静电时姑娘们的顽固多愁的头发丝
仿佛清晨起床，开窗有雾迷离缠绕在远山边
仿佛夜里读书，新沏的茶汤散发的缕缕清甜
仿佛埋头在白天鹅柔软的腹部
仿佛舌尖舔到最新鲜的冰菜叶
仿佛女人睡前痴痴地呢喃唤起全身的鸡皮疙瘩
仿佛小小的雾天里月亮周围浅浅的月晕
仿佛一只黄色的肥猫路过转角时慵懒的眼神
仿佛一层最薄最轻的软烟罗飘落在黛玉的肩上
仿佛一群最安静最悠闲的热带鱼漫无目的地流淌
仿佛戴上耳塞躺在日出时分的黄山半腰
仿佛观察透明玻璃杯里的可乐气泡逐个漂浮、破裂
仿佛在接近沸腾的水里打一碗蛋花
仿佛把一支羽毛扔到最危险的深渊
仿佛在偌大的黄昏里独自抽烟
仿佛百花一瞬之间全部开遍
仿佛一叶小舟无人照看静默地横在江心
仿佛深夜里与爱人小酌几杯调情的酒
仿佛失重漂浮在太空

仿佛母亲在暖阳下给你掏耳朵
仿佛鸟儿滑翔
仿佛牛马反刍
仿佛惆怅
仿佛心动
仿佛晕
仿佛麻
仿佛醉
仿佛世间的万物都静悄悄
好让我轻轻睡上一觉

春天里感冒

总算能在午后听见鸟声
它通过密不透风的沉默
传过来的时候，已经有些沙哑和疲惫
那只鸟大概早已睡意昏沉
我也睡意昏沉
我半躺在灌满阳光和南风的靠枕上
看见窗外有一片盛大的油菜花田
油菜花善于忘记疼痛，忘记自己的初衷
只无关痛痒地野蛮生长
与往年并无分别

开窗，有从花田吹过来的风
我连续打了几个喷嚏
直到热泪盈眶
我承认前几日就开始感冒发烧
经过几夜的辗转难眠
我承认一个女人自欺欺人地强调我都还好
终究无法获得爱情的眷顾
不管怎样
你就始终站在不远不近的角落发出忽明忽暗的光
与往年并无分别

这些日子，只要一想起你
狡黠的风就从四面八方情不自禁地吹湿我的双眼
如同感冒了一条清水鼻涕
时不时就情不自禁地流到我嘴边

故乡的一条河

它横在一片田野之中
横在上百个愁眉苦脸的农民所组成的
茂密的人群之中
它横行无阻
自西向东
它跨过一条编号为 G204 的坚硬道路
跨过一堆被人们习惯性遗忘
偶尔才会想起的坟墓
它经年累月，从未回头
漂过杨花柳絮
漂过塑料袋，泡沫盒
漂过一个裹脚老太太的尸体
漂过打最西头流过来的
某个少年的一泡尿

它比见过它的所有人都更老
它活得长久同时命运多舛
它奔流不息同时痛苦不堪
它所经过的地方都是第一次经过
它所留恋的风景都是最后一次留恋
无意于长生不死
却找来倒影里的蓝天作为同伴

它没有被某个诗人取一个响亮的名字
这令沿岸的村民感到遗憾
密西西比，伏尔加，塞纳莱茵泰晤士
或者汨罗江，太平湖也行
但是，它只是被人叫作南大河
它也就这么答应着
据说自古如此

除了沿河的村民
没有陌生人会为它逗留
即使它有滔滔不绝的
适合浇灌水稻和苹果树的水源
成群的孩子把裤子往上挽
露出细嫩的脚丫，踩到它的身上
就能钓到螃蟹和龙虾
月色清凉的夜晚
也能有几对神色慌张的青年男女
被摇摇晃晃的醉汉发现

人们把难以处理的生活垃圾往里倾倒
甚至是残砖断瓦，家猫草狗
和粪坑里的屎尿
也毫不客气地与之融合后消失
人们就袖手看着它
看着它一言不发通向遥远的海
只要离开家门口就好

眼不见才心不烦
没人注意到自己并非是最靠近大海的那一段
事实上也没人会注意到垃圾会流到哪一段
他们只管破坏属于某个西边的眼前
同时制造属于某个东边的喟叹

有个并不算太傻的男孩
曾经试图沿着它一路向西
如夸父追日
磨破了脚和嘴皮子
也未能看到更圆的落日
他就站在了一棵干枯的白杨树下
想象河的最西边
是不是只有齐天大圣才能飞得到
那里就是世界的尽头
不存在所谓伊朗约旦阿富汗
直至今日，河水枯竭
他有了汽车电车摩托车
也未能如愿去到它的最西边
他日日画饼充饥
空余一身疲倦

归途

回程的车上
人人都在睡觉
他们紧闭双眼，满脸疲倦
但不全是因为困

我读一本木心的诗歌选
甚至轻声念出来
这与我来时读《小主意》的感受
有本质上的差别
它们不是同一种书
坐在车上的
也不再是同一个人

五月被蚊子叮红了耳朵
瘙痒使它变得喜怒无常
车子颠簸如海中泛舟
我扣紧了船帆
等待一切暴雨和晴空

欢喜

家门口有间沙县小吃
关门歇业一个多月
说是家中有事
回福建去了

我常常怀念他家的芝麻酱拌面
香葱、雪菜和麻酱的配比
正合我的口味
几天不吃
就像犯了烟瘾

下午开车路过
竟发现重新开张
我夺门而入
同那兄妹二人聊了许久

他们各自有了儿女
都在福建老家
一年难得回去些日子
恋恋不舍多待了几天

仍旧只要了一碗拌面

与他二人谈笑间吃完
竟未觉其味
呵！原来与小吃相比
更加醰醰有味的
是我对他们的思念啊

慌张

不远处
白雪覆盖的群山正在死亡
所以，无所事事的人
开始慌张

草原里
黑色的瘦马背上的虱子一日千里
所以，满怀理想的人
容易慌张

人们讨论荣誉与奖项
鼓吹正义与公理
但强盗杀人时戴上头套
与教授得奖时鞠躬弯腰
都是慌张，并无两样

人们买一群一群的赞美
还有一房一房的奖状
赞扬别人时心虚，其实愤怒
厌恶别人时嫉妒，其实孤独

关于谦虚、微笑和漂亮

全是因为慌张

人们内心里是地窖
却总要冒犯飞鸟
和自由而贫穷的其他人

原则转而是矫情
深情转而是欺骗
可疾病就是疾病
十二月就是十二月
依旧是诗人艰难的日子
是人们的慌张

慌张，是因为他们除了自身的可怜
一切都了然在心

橘子坠落

是时候离开了
你挂在我的枝头太久
比起瞬息而逝的春天
和时刻准备振翅的麻雀
你孤零零挂在那儿
皱巴巴的
是时候离开了

问题是四野的草木已去
来年重生何处寻你
问题是月亮背面的太阳
如何适应缺少你后
再没有一个摇摇晃晃的阴影
替它依偎在石青色的井栏上
还有，问题是你坠落的瞬间
我尽管高举枝丫
却无法抱住你
你就坠落呵
坠落
在我的凝望里坠落
在我的疼痛里坠落
像剥开你的皮

对了，问题是你会怎样被人剥开
会是一个孩子么
他望着你月球一样的表皮
会用嘴巴咬开么
嗯，最好是用嘴巴
这样他也能感觉到苦涩
和我血脉里的心酸
你月牙一样的果瓣儿
甘甜，甘甜
是滂沱过我枝头的雨水
是寒冷的夜晚
一同发酵出来的眼泪
但是，问题是你被遗忘了呢
就像是你现在被冬天遗忘在枝头
你就一直皱巴巴的
直到时间把你忘个干净
忘干净了你就是陈皮
是了陈皮你就更苦
我也就更苦

我的枝头还有年初的雪
和多情的青苔
你都熟悉都喜欢
可你就走了
时光总是为所欲为
朝令夕改

用枯荣、离合来证明它的权威
从不考虑后果
不然你看这乱七八糟的人间
何时有过安全
只有你结果子时安全
你皱巴巴的在我枝头等待时安全
我也就安全
安全到我就这么懒洋洋晒着太阳
你就走了

朋友

深夜读一本回忆录的时候
手机响了
是一个老朋友
至少七八年没有联络

接电话之前
我勉强想起他的容貌
并试图想到他于我的某些好
未果
我确信他是家里出了些岔子
需要法律帮助
或者是再次准备结婚
邀请我去送红包

他有他的优点
总能开门见山
他说老王，咨询你个事儿
对于他的求助，以及迫不及待
我并不反感
只是他对我的称呼
我颇有微词

他说他的家人被拘留
小县城的法院官匪勾结
法官没一个好东西
我难过
不是因为他骂我的职业
而是因为我实在记不得上一次见他
是什么年月
那天是阴还是晴

西川有一句诗说
法律就是一条狗
你不走近它，它就不出声
此时我想说
朋友也是
只是遗憾在于
我没有机会当面跟他说

期待的上午

有很多年
我期待一个理想的上午
自然醒后
有邮差上门送信
热一杯牛奶
把信看三遍，读三遍
抄三遍
折叠、打开，又折叠
最后放进一本厚厚的书里
晒晒太阳
慢慢悠悠写一封回信
感到饿了就躺下
阳台上要有花
玄关处备一套行李
远方若有呼唤
可以随时出发

有很多年
我期待一个理想的上午
房中无人
备清水，烈酒，苦茶
赤脚蓬头

不做任何费力的事情
不学习不工作
自己
和自己说话
同时等待
等待一个电话
问我下午在不在家

日出

我在黎明的旷野上
生起一堆火

火光烧红了你的耳朵
树的耳朵和天空的耳朵
唯独尘土一成不变
灰蒙蒙的
露出春天背后的模样

一列火车径直开向东方
撞破了黎明
太阳血流满面
几乎浇灭篝火的光

就再没有声音
你寂然坐着
眼神温柔妥帖
对草木对鸟兽对熹微的晨光
都饱含热泪
却从不与我对望

你如往常

一谈到远方就怅然若失

日出时分
忧伤突如其来
对此，我无能为力

日历

不翻日历
日子一样过去了

春风被三月堆成了一个草垛
我躺在上面
一直睡到了今天

是半梦半醒
如刚被引燃的烟火
它煞有介事
但尚未开放

春天正把万物伪装成花朵
人类也是其中一枝
他们沉迷于这种甜蜜的假象
对遗忘翻开日历一事并不感到忧伤

只有一只麻雀机敏地察觉
并逃离了它的阴谋
它在我坐起身来的时候
从草垛上毫不犹豫地飞走了

它飞向的不是别的地方
仍是四月
只是它所看到的春天
可能比我的
稍微慢一些

我不想你懂我

我不想你懂我
比如在起风时读新诗
比如在落雨后煎春茶
有时，往北
望着故乡，想一想妈妈

我不想你懂我
在贫穷的街道
予我形影不离的满月
在静谧的村落
予我促膝长谈的炉火

我不想你懂我
我的满目疮痍
和心乱如麻
我的故事里的清晨的山坡
我的卑鄙的心事重重
都不能，是你脸上带刺的花

我不想你懂我
你的不言而喻
是我全部的孤独

春，心乱如麻

春天一到
遍处都是无爹无娘的鸟雀
和无家可归的人呵
日高风暖
花影簇簇的你，与我素不相识

我学会了在夜半抽烟
见证一阵阵殉情的风
是怎样在我心底呼喊
我思念、抑郁、疲倦
又在清晨忘却，入眠

打我门前路过的人呵
你是谁？甚至，告知我
你的名字
我潮湿的荫翳的门口
风干着
在你面前，曝晒

过程既有
何必贪婪于结局
春光照得我心慌

春风吹得我心慌
我紧闭大门，一声不吭

天长夜短
春天使我心乱如麻
而我打寒冬而来
两手空空

性感

一个身形修长的女孩在追赶公交车
她急迫，羞涩，面色绯红
上车时
她无意间提起裙角
露出了一小截雪白的脚踝
我觉得这就是性感

幽忧

必须有更大的抑郁将我忘却
必须有更深的孤独将我掩埋
我是一行行褪色的字迹
在你躲进去的那幅画里

我想我将永远无法忘却
旷野里，两个人
无声对望
直到黑夜的幕布
把我们团团围住

是夜
黑色那样黑
白色那样白

有时候下雨真是件烦心的事呵

有时候下雨真是件烦心的事呵
满世界潮湿阴冷
千疮百孔
你说打上伞，人就笑不出来
不带伞，却容易泪流满面
所以这就是你远离我
独自出走的原因么

今天这里又在下雨
你潮湿的鞋子，把一个地方的泥泞
带到另一个地方
就变成了稀罕的珍藏
爱情有时候就跟下雨一样呵
你想要带伞
却又不想撑伞
问题是你把我像泥泞一样
从往事里带来
却为何再出发的时候
没有带我走

你那边有没有在下雨
有时候下雨真是件烦心的事呵

栀子花

趁着四下无人
我在楼下采了一朵栀子花

它的白色过于白
香气过于香
远处即可清晰分辨
摘下的时候
我没有时间考虑它是否卫生
毕竟每天清晨
都有几只狗在此徘徊

虽只一朵
房内瞬间即馥郁氛氲
我小心把它插在一只玻璃瓶中
仔细倒满纯净水

然后我急于告诉乡下的朋友
与他分享我的喜悦
他却说城里人的生活真惨

安静

迎着风骑车
或者独立在背阴处
东张西望，胡思乱想
喜怒皆形于色

一个人真是安静呵
一个人真是不现实

大雨过后

宇宙苍老
雨天变为稚童
昼暮疲倦后
他在夜风中叫醒一只惊惶伶俜的知了
顺便从湿漉漉的口袋里
掏出一个怅然若失的黎明

好心情

等了许久这样一个清晨
我骑着车走在路上
和每一个面带微笑的人
挥手致意
风吹起我的头发
雀跃的尘土和满天的云
我是明媚的
梦是明媚的
我身边的十万八千个
露出马脚的小聪明
也是明媚的
我突然感受到了我的宽容和
无与伦比的耐性
阳光对我如此慷慨
使我决定今后的生活
要从一个个明媚的清晨开始
我尝试在白天写诗
不过多地怀疑世界
并非心血来潮
因为我明白这种好的心情
随随便便呼之即来
同时不清不楚大费周折
它好像无穷无尽
又好像转瞬即逝

姐姐，我感觉不到你

惊蛰一过
棉衣使人全身胀热
清晨日出更早
窗外有冬眠的蛇
像柔软的寂寞，将人缠绕
我都感觉得到

樱花开满街道
孤独的青年深夜
在遥望中慢慢衰老
你的回信着起了火
火苗烧掉了你的名字和门牌号
我都感觉得到

春雨，不久会在雷声后
降落，就像我的土地上相思的野草
也会在寂静的夜里，长满眼角
北望无边
我都感觉得到

可是，姐姐
我却感觉不到你

你得先卸了妆
才好与我对望
我的全部心事
包括这夜，这月亮
都由你构成

从明天起
太阳还会在西方落下
遍野都会开满油菜花
我都感觉得到
唯独，姐姐
我仍感觉不到你

你我的所谓爱情
正如野兽将我撕咬
惊蛰一过
我们也别再烦扰

夏夜所想

气温将要三十度
湿度超过七成
人开始怠于思考
陷入愚钝

我得意于在书房保留了落地窗
虽多日未擦
但仍可瞥见对面新开的楼盘
夜里点灯，通宵作业
巨大的挖掘机上亮着一盏强光
强光背后坐着一个罹患抑郁症的青年

太平禅寺兴建之初
并未考虑到将来楼市波谲云诡
对于最高庙宇不到二十米的现实
站在隔壁高楼上砌墙的工人并不关心

街灯模糊，绵延数十里
造房子的机器吵人心烦
我洗好了澡无所事事仰望夜空
星星不多
蚊子很多

夏至

这个时候有许多事情在偷偷发生
梅雨悄然而至
炎热将歇不歇
夏蝉在树上喊破喉咙等待交尾
藤蔓植物爬上了一扇紧闭的窗扉
年纪轻轻的男孩在街头
故作深沉地吞云吐雾
麻雀落到地上旋而又起
白日梦样的一个影子
在远处若有若无

这个时候有许多事情在偷偷发生
我想迟一些再见到那个人

小店

夜风清凉
月如钩
爷爷守着他的小店
一守就是十几年

小店临着大街
生意大体维持生计
卖卖油盐酱醋
也卖老酒、香烟

孙子来的时候
爷爷正在数钱
一叠一叠，三块五块
仔仔细细用皮筋扎好

孙子上一次回来是半个月前
爷爷的冰箱里因此囤了过多的食物
草鸡、鸭蛋、玉米、鲜鱼
处理干净了一份一份打包好

马上就要上高中
孙子说以后假期越来越少

爷爷小心翼翼问着问题
始终好奇且期待地看着孙子的脸

爷爷说小店马上就要拆迁
以后恐就回乡下了
人老了也快做不动了
毕竟也将是八十的人

街上车子很多
道路狭窄不及来往
孙子跟几个同学疯似地
消失在黑暗里

月渐西斜
对面的广场上人群散尽
老两口合力
不舍地拉上卷帘门

大暑

昨日台风
吹倒了楼下的一棵小树
我记得不很分明
曾有几只蝉
在树上

从此，就无依无靠了
蝉声沉落
四下阒然
我开始无可奈何地想你

我想起给你写一封信
向你坦白我贫穷的样子
干涸的样子
和失魂落魄的样子

而你远远地站在太阳底下
好像雨还没有停

天气真好

天气真好
太阳把人们晾起来
像被子慵懒
七倒八歪地晾在阳台
太阳把世界都晾起来了吧
到处都是春天里的爱情味道
只是你在远处静静悄悄
我不像春风可以随处可到
但你一定也在晒太阳
晒被子，晒窗帘
晒清晨手洗的白色衬衫
和昨夜的辗转难眠

我突然想和你做许多小事
比如半躺在阳台上
喝同一杯白开水，念一段你喜欢的书
或者对比我们掌纹的弯曲
猜拳，发呆，掏耳朵
望着挂钟一起浪费时间
或者一起咒骂距离
成日里累人相思
或者就对视

研究彼此眉间的忧郁
和永远欲言又止的唇
再来就虚度时光
等万物疲倦，等人们准备晚餐
等太阳终于落下
我就把你抱起来
像抱起一条松软的棉被

八月

昨夜经过教堂的时候
月亮又大又圆
低垂于东方的夜空
沉默、淡然、不容置疑

我的日子早早被安排满了
明天、后天，九月的明天、后天
大后天
我将同时向四个方位走去
东，南，西，北
我的行程透明
但我从不示人

我无法停下脚步
时间正把我身后的路
一一粉碎
我必须躲入杳无人烟的所在
然而，当我无比安全
转头再去寻的时候
月亮已经不见了

今日再见的月
已是八月的了

八月很短
八月很长

偿还

别来烦我
在善良的草原上
我一人策马
停在淡蓝色的湖泊前
闭着眼睛，一言不发
你却在远处质问我
为什么不高歌一曲

你让我痛苦
我与草原存在世间
本是相互逗留
它要逢场作戏
我就走马观花
无所辜负，谈什么偿还

即使需要更多悲壮的代价
我还是一无所有
我还是无家可还
我把马儿牵得很紧
防止它吃掉任何一根属于你的草

我朝着沉默的远山大喊

我对万物从无亏欠
此时，湖面有几道波纹荡漾
却不是因风而起
那是我的眼睛，在偿还
草原悲凉的回响

城隅积雪

废弃的小城之隅
大雪已经过去了三天
积雪融化成天上的白云
成地上的烂泥

鸟兽都散尽
草木也孤独

何其破碎呵，落寞的雪堆
何其倾颓呵，肮脏的雪堆
人们将它爱抚
又将它摧毁
天地冷酷
人类麻木

我见多了乱七八糟的人类
兔死狗烹
鸟尽弓藏

美丽的雪呵
最好时光短促
别让漫长的冬季
整日将你辜负

处暑

处暑一到
暑热渐消
你在清晨出门
会觉得有些凉
这时候
早餐可以选择一碗栗子粥
撒一小撮糖桂花
一天就足够甜美
日子短暂而精致
春秋冬夏
不失其叙
你常常使我看不清
时而近时而远
时而与我有关
时而寒
但是亲爱的
云有云的形状
风有风的急缓
你不必因我驻足
我四时所爱大致泛泛
我四时独爱你的侧颜

二月

上一次路过你门前的时候
你还是一月
你还是个秘密
在寒冬的阴影里
你瘦弱，敏感
一言不发

你的春天
都藏在我看不见的地方

二月来了
时间的火焰烧着了你的房子
你的清晨，你的深夜
你空空如也的院子
和你爱的深谷里的茫茫荒草
也都烧着了
我也从往昔的等待里轰轰隆隆而来
思念蹑手蹑脚
带来一张地图
还有一包麦种

不等来年

就在二月吧
你说
我想恋爱
想在久别重逢的春天里
和你种下一棵最野蛮而顽劣的麦苗

光明

寻常的冬日夜晚
公交站台前
一个等车的青年
路边堆满了枯枝败叶
烟头，和喟叹

走过来一个老太太
手里提着台灯
台灯不亮
因为无法插电
因为病入膏肓

救护车经过
声音凄厉，穿过黑暗
我知道它在救死扶伤的路上
但它救得了世界
救不了不亮的台灯

凌晨失眠

如果你没有试过整晚整晚的失眠
就先不要谈人生
朋友在一旁鼾声如雷
我突然想要一个人去看星星

南京的夏夜都卖给一帮蒙面的吝啬鬼了吗
他们把星星都装在精美的盒子里
再扣上精美的锁
偶尔有几颗露出了脚
它们是酒店对面的一个亮着灯的小房间
我拉上窗帘，睁大眼睛面对黑暗
我一言不发
想以此来解释
为什么我不喜欢城市

我摸黑打开台灯
拿起桌上一支铅笔
事实证明，在深夜用铅笔写作
并非一件明智之事
它与纸张摩擦
发出来的声音过于莽撞和自我
像年轻人一样不知分寸

开启手机发条朋友圈
想找个人聊聊
但应者为零，这使我确信
我的生活圈子还算健康和正常

这里靠近歌手李志所说的山阴路
还有很多的酒吧、欢乐场
某些角落正灯火通明
人们醉生梦死，不分昼夜
我不太明白黑夜最初是由谁设定
黑夜里除了睡觉还适合做什么
我大概知道的是
有些作家喜欢在深夜写作
我猜可能是他们的老婆有打鼾的习惯

起初，朋友鼾声如雷
对我来讲并非好事
我头痛欲裂同时无事可做
但此时我有新的看法
我想到对面那个亮着灯的房间里
或许有一个独守空闺的孤独女人
正羡慕着我

于是，在人生某种际遇的安排下
我回头望一眼我可爱的朋友
并决定轻轻过去
帮他把被子盖好

冒犯青春

醉酒后看书
我突然想到了大海
眼前钢筋耸立
树木低矮
一辆黑色的渣土车越开越快
我因而想起我的妹妹撑在海里的木船
它摇摇晃晃
无人理睬

是白色的船
白色的日光冒犯妹妹的船
冒犯船体美丽的阴影
冒犯船舱纯洁的锈斑
就像敏感冒犯生活
海浪冒犯沙滩
它摇摇晃晃
即便安全，也无人喜欢

最好是深夜
醉酒时，客人划船
主人扬帆
诗人摇摇晃晃
坐在船里看

这时候，大海就在桌子下面
桌子就是船

凭窗

下雨的日子
下雨的天气渐凉的日子
一个人坐在窗边
勉强读几本书
一直到骤雨初歇
我看着一对年轻的男女抱着
他们的孩子
很显然，小夫妻是外乡人
但他们的孩子不是
一个外乡人往往很容易被
另一个外乡人认出来
他们有说有笑，不觉生疏
就像我
也曾多少次试图决定在此
度过一生
我长久地注视着他们
直到一棵热带树
挡住了我的视线
我想所谓归宿
不过是一个人或是一棵树
辗转流离之后
疲倦的落脚点

它是在不知不觉之间
被人说成了家

天色将晚
我打开屋内所有的灯
现代文明可以将一切的角落
变得通明
但无法使人专注
过去看书
仿佛不要这么多灯的

于我而言
这样的日子不可有多
亦不可无一
我并不感到失落
只是不想和任何人说话

三月

雨后，玉兰花落了一地
风起时飘零入河
水波继续沉默
芦苇继续枯黄
但并不妨碍岸上的柳芽开始嫩绿
并不妨碍更浩大的春天
正在来临

你说，春天真的来了么
人们睡醒后，开始讨论香椿炒蛋
想念去年艾蒿新芽入口的清甜
还有嫩笋、豌豆，油菜花茶泡饭
生命重复着春天里的事情
春天每年都一样
为何你还说是久别重逢

因为，春天真的来了呵
人间情事，如大病初愈
纷纷赶来
因为，我冰冷幽深的心灵深处
又会扑棱一下
如惊鸿一瞥

那是你一次一次振翅
那是我一次一次沉沦

在每个盛大的三月
你如桃花信任春天一样
放肆地在我身上盛开
那时，我看见花田里的蝴蝶
一会儿飞到草地上
一会儿飞到叶子上

四月里第一场雨

雨说下就下
有人没有带伞
在车站门口趑趄
还有的背着行李
茫茫走在雨中
这个时候
我怀疑每一个微笑着淋雨的人
都在偷偷地哭

我就曾在雨中哭泣
世界寂静
万物丧失
只有遗忘的感觉趋于真实

雨水打湿一只雪白的鸽子
羽毛沉重
它不得不和我一样
长久地抱紧一棵长满荆棘的树

一个年轻的小伙子
每早都去车站
他不是去乘车，也不是去送人
她不知道这里今天下雨
所以一定没有带伞
走近了他
就能听见他不停地嘀咕

五月里

五月里节日不多龙虾很多
五月里阴雨不多电影很多
五月里劳动者并不因此停止卖命
五月里女儿想不起母亲
自己却过起了母亲节

五月里天气渐热需要常开窗子
五月里夏季来临烧烤摊布满大街
你时常路过被呛得泪流满面
却不能去怪口水横流的城管
或者普罗米修斯

五月里姑娘裙子越穿越短与我无关
五月里有人在公众场合抽烟与我无关
五月里有谁巨富变赤贫或者相反与我无关
股市是否因此涨跌与我无关
五月里哪个领导生了痔疮与我无关
妇幼保健院生意长红与我无关
五月里只有明天勉强与我有关

五月里混蛋还是混蛋
烂片还是烂片

黑板不会改叫白板
蔗糖无法代替食盐
五月里农民工依旧劳作不息
依旧没有力气你侬我侬嘘寒问暖

五月里春天走远情事不远
五月里杜鹃走远诗歌不远
五月里年轻的人照样荒废青春
老年人后悔没有奋力反抗命运徒留伤感
五月里仍有人活在二月三月四月
对七月八月九月的到来并不期待
从而对可怜短暂的一生充满厌倦
这种例子屡见不鲜

下雪

醒来时
我身上就落满了雪
但我不知道
怎样拥抱它才不算是错过

我厌恶
冷漠的人路过的雪天
他们走着，只为了终点
与爱情无关

最初的草地里
门前的冬天
不全是雪
还有爱情

清晨醒来
大雪如约而至
你好看极了

在寂然无声的世界里
满身是雪的你
真是好看极了

下雨

雨拖泥带水总算下了
一只落水的麻雀蹲在电线上
将头反插进翅膀
我对着车窗
学它的样子
突然想到那耳喀索斯

我想要喝几杯酒
前提是避免过多的不必要的社交活动
同时也避免过多的违心的吹捧
这就需要几个纯正的酒肉朋友

两个耄耋老人与我一样
痴痴地望着窗外
假使，他们与我想的也一样
你就该明白
我是怎样的无可奈何

写在二十八岁

一家西点店做活动
生日蛋糕买一赠一
不管今天是不是生日
我都决定参与
还想贪小便宜说明我内心稚嫩
不怕别人笑话代表我部分成熟

或多或少会被往事纠缠
这样的日子
在逝去的二十七年里
我曾对它一无所知

年近三十
开始对许多事情追悔莫及

有一只神秘的鸟
在我的车上留下白色的粪便
它飞来过，又不知所踪
只留下一点无用的痕迹
这像极了我的青春

酒后的天空格外阴沉

人群格外沉默
我的影子在路灯下越走越长
被许多人路过和践踏
直到走到一条巷子的尽头
它才独自站立
多年来一直如此

年近三十
所以对许多事情追悔莫及

我渐渐明白想要借助混沌的气氛
来掩盖真实的忧心忡忡
并不能获得自我的谅解
就像刚刚
我面对着蛋糕和飘忽不定的烛光许愿
本身就有些荒诞

我的忧郁久久不散
尽管朋友都祝我生日快乐
岁岁平安

与大雪有关的事情

无论你那边有没有下雪
我都准备着一些与大雪有关的事情
比如温酒煮茶
比如两鬓生华
夜里受寒
白天走马
走到你说得更寒冷的地方
坐下来写写诗
虚度时光

诗歌寒冷
人们挣扎
只有冷静的冬季
缺少安慰，只有盲目的想念
一言不发
只要再寒冷一些
我定会与你相见
你捧一碗月亮
我烧一灶炉火
有终夜的沉默和等待
有终夜的浊酒，要你来筛

无论你那边有没有下雪
我都准备着一些与大雪有关的事情
我满身是火，长夜漫漫
而你大雪纷飞
冰冷如常

雨中

必须要身处雨中
才能领略到夏天的真相
天气阴晴不定
是欲以趋于真实的幻象
取代我们的怀疑和思考

我并不希望蓝天取代乌云
是我的肉体希望

七夕

七月初七
暴雨，疾风
清早
一棵梧桐倒在雨里
挡住了前路
风吹翻它溺水的叶子
强调着这诸事不宜的天气

从未在这样的雨里
渴望出门
以前的雨
仿佛没有这样大的

但这并不妨碍我来见你
同样的时空里
有潮水摇荡不停
大河呼啸
万万千千的聒噪里
独你这样静静
依偎我身
静静地
打盹

七月将尽

七月将尽
沉默的爱情将尽
荒山的道馆与日升
以及你决然放掉的
安定与疼痛
青春最后的柔软将尽

山路是两万里的孤独
蜿蜒如阴谋
它们已经相爱
只是尚未察觉

八月是结婚的吉时
沉默在此，一文不值
所以轻手轻脚的接吻
同样索然无味

女人是一排排碧绿的大腿
在野蛮生长时迷失
又是愚蠢的黄土地
被践踏过的地方
还会长满花草

时间啊，如送葬的吹鼓手
山风张灯结彩，依旧是非不分
毫不在意爱情的死亡

七月将尽
什么都没留下

一个女人走在雪里

一个穿红色呢大衣的女人
走在小雪里
走在布满冻疮的草地里
她拿一把透明的伞
像要迷失在海水里

小雪落在女人的红唇上
落成一口梅子酒
于是她笑
她笑起来凄凉
于是落雪
错误的日子里
雪落下来牵强

下雪本是让人想起往事
可是她笑
她笑起来凄凉
她像盲目的雪花一样
迷失在透明的伞上

记忆
和漫天的雪花一样杂乱无章
她与雪花随风飘荡
她与爱人彼此遗忘

一只猫死在马路上

碧空如洗
一只猫被压死在马路上

车底传来一声闷响
所有人顿时鸦雀无声

一人说压死只猫罢了
人们长舒一口气
继续大声说话

我闭上眼睛祈祷
这只猫的命
不是它的第九条

这个世界
对一切卑微无言的生死
选择视而不见

因此
猫也长久地闭上眼睛了

闭上眼睛或许是对的
它在提醒人
黑暗才是天空的本色
蓝色不是

落叶

午后林中散步
捡了一些落叶
清水洗净后
送给友人

原来每个人
喜爱的叶子都不一样
除了形状、脉络，颜色
叶子也因此被赋予了
各自不同的性格
而刚刚在路上
它们甚至连名字都不曾有

忽然明白人之一生
也不过是一地落叶
至于秋风秋雨何时来临
叶子会落到哪里
被谁喜欢
不是它自己的主意

小小的孤独的心

愈来愈冷
阴雨的秋天
空中没有一片云
树叶静悄悄的
房间湿润
充满森林的气息
有人躺在沙发上
酣然入梦
轻微的呼声
若隐若现
像是从很远的地方
传来似的
我静静地翻一本书
觉得书签放到任一页纸上
都很好看
此时的
我小小的孤独的心
它既没有朋友
也没有邻居
它爱自己
它爱极了这样的光阴

夜

一条幽深的街道
我独自走着
月亮冷冷地悬在半空
风声隐隐，星星明亮

这里自从装了路灯
我就常常迷路
当我停下来
与更远的黑夜对视时
我找不到天空的眼睛

明亮的街灯
让深夜与白昼无异
让许多记忆消失
让秋天的精神
变得平淡无奇

我到处寻找绝对的漆黑
寻找没有被迫睁开眼睛的夜色
我想到太阳升起以后
我依然会选择
继续这样平庸而自主的生活

一条幽深的街道
我独自走着
我不想与谁说话
我甚至不想见到任何人

睡在马路上的建筑工人

这是一条嘈杂而又
部分残缺的马路
满地的水泥钢筋混乱
与过分标准的蓝色天空
形成梦与现实一般的对照
我从未想过有人会在此入睡
他躺着的木板下面
是深不可见的黑暗和危险
而在此之上
是暖暖的太阳
他如此安然
用红色的安全帽罩住脸
双手叉于胸前
将满是泥泞的鞋子摆放一边
露出袜子倔强的深蓝
在他四周环绕的简易隔板
与蓝天白云的颜色组成
高度一致
我想正因如此
他幕天席地，大梦酣然
拥有充足的理由
根本无须一套必要的门扉

我站在那里注视了他很久
他旁若无人
仿佛与世隔绝
他在睡梦中
舒舒服服地打了个哈欠
挠了挠头
充分说明这个世界
并非一味残酷

辞行

你站在秋光冉冉的人群中
感慨少年集体秋游
结伴呼从无虑无忧
那种时光
怎么会一去不返
同时，你不解
偌大的秋天
怎么容不下两个
想说几句悄悄话的人

过了今天，你即将远行
去了解人生的长短
在另一处秋日的黄昏
你打着哈欠缓缓入眠
你将体会到更多
雷同的无奈
和别样的欢喜
并且为梦里梦外无限的陌生
短暂地拥有幸福感

我俯身捡一片红叶
它才刚刚从树上落下

我想，你的足音轻轻
在充满复杂情绪的秋日林中
它可以暂时代表你
来过

朋友呵朋友
倘若哪天
你明白了这场离别的含意
务必第一时间告诉我

送别

朋友小聚
归去时阴雨蒙蒙
火车从远处的乱草和
朦胧的人烟中
驶来
稀疏的旅客紧赶慢赶
攒成一节周正的车厢
他们望着窗外一言不发
他们表达着天空的心事
让深秋的情绪
无处躲藏

我一个人
妄图细数路过的站点
记住枯竭的荷塘中
有几道涟漪被雨水冲散
我看夜色深沉
周遭平静
想不起来离开时
朋友有没有认真道别

下车之后

我久久不愿离开
我望着一群人下去
另一群人又上来
我的座位上
坐了一个身形消瘦的姑娘
车子发动
我举起右手挥别
无人可送的情况下
内心依然充满不舍

丝瓜

清晨停车
发现车棚后面的隐秘处
有一株丝瓜
果实丛生
无人摘取
想来假以时日
它们将在某个无人的夜里
独自坠落
就像过去许许多多的
平凡人一样
消失得
无声无响
就像它们的生命
从来没有来过
这世上

洗手

洗手时
对着镜子
狠狠把手搓洗干净
泡沫冲尽的时候
觉得这应是
近日以来
最最爽利之事

就这样
走在路上
莫名地笑出声来
莫名地想要劝别人
也去洗洗手

约酒

总想着有人约我喝酒
尽管明知道
喝了酒
身体会难过

是为了酒后肆意呶嚷
不顾是非
为了在冷落的街道
一个人走走停停
哭笑狂歌
还是为了可以理直气壮地
偷懒而不洗衣裳
似乎都难以
自圆其说

此刻，我坐在一摞书前
不动声色地看着
一小撮雨前的白茶
在深秋的水杯中
沸腾，然后
坠落

夜半

夜半酒醒
无声静坐
时闻鸡鸣隐隐
知道不是梦中
然而不知道鸡在哪里

就犹如这人海茫茫
明知某个人在其中
却怎么也找不到

我们

世间之事
倘有几件是真心为之
便有俄顷立就的可能
但世间之交往
奈何不了许多
只求得问心无愧而已

至于有些要紧的朋友
无端无故地疏远
静夜思之再三
不能通透

过去的我们
究竟是倾盖如故
还是白首如新
他不会告诉我
我也不想知道

明亮的清晨

明天我将要远行
从眼下的格格不入
走向另外一个格格不入
没有什么地方不是陌生的
对于一个秋意正浓的人

秋意正浓
阳光无孔不入
照见坍圮的矮墙
角落里的枯叶
和破窗之后的寂静

你说你最爱秋天
爱它的短暂
也爱它的凄凉
明亮的清晨
你穿一件白色的衣裳
把目光投向远处
久久没有说话
至于原因
你不想告诉我
我也不去问

明天我将要远行
你一个人
久久没有说话
明亮的清晨
一只鸟从篱笆外飞进来
又不动声色地飞了出去

纪念

朋友一起聊过去的事情
使我想起儿时
一颗乳牙曾扔到房顶
不知道现在怎么样了

每一天都有人平静地活着
平静地死去
想和旧友打一通电话
只言片语
或者一言不发
只是因为入秋了
电话本仿佛也落满了尘
也就罢了

辞了人群
独自站在一扇瘦长的窗子面前
盯着一条河看
不为什么缘由
大片的云从遥远的地方飘来
也不为了什么缘由

你

风吹落树上更多的叶子
同时透过窗子缝隙
吹乱你的书
和你的头发
你佯怒地瞪它一眼
仿佛风可以吹回来
后来你转过身
撩撩头发
不好意思地看着我

凉

一个人无事
若有所思地走出门
日光温柔
秋风拂面
闭上眼睛
深深吸两口气
感受世界不太情愿的好意
秋天对谁都一样
秋风吹到人身上
一直吹到凉
但我不担心我的身体
我只担心
你单薄的衣裳

街

这条街原本与我熟悉
它就在我办公室后面
我常去它那里走走
偶尔抽一支烟
因为是秋天
满地落叶层层叠叠
走在上面十分松软
时常还有猫咪打滚
老者蹒跚
今晨有几个人来
把它打扫得一尘不染
中午去时
一个人站在那里
难过了很久

如此如此

时常有一阵一阵的忧郁
比如此时对着一把折扇
没有什么话说

秋天来了
许多朋友结婚的消息来了
忧愁也便来了

有一些后悔的情绪
大概在为闷闷不乐的上午
感到可惜

如此如此
想要出门走走
不意
竹园起风
回头望望
窗外已落雨多时了

秋日樟树

天气阴晴不定
冷热交替
想必与人一样
也有难言之隐

一棵樟树枝丫繁密
形态婉转
从前路过时
懒得抬头望它
如今仔细看看
竟有昔日恋爱的情致
十分招人喜欢

乐得无人
在树下的石凳上
一个人坐了许久
都不觉得凉

栅栏

一群乌色的人走在雨里
形容惨淡
走在我前面不远
路过一条道
道边围着栅栏
栅栏不高不险
但过往之人依然
必须绕行
它结结实实挡住路
但它从头到尾都不牢固
尽管如此
我并不觉得奇怪
我们之间
原本相离不远
却始终不能靠近
而这中间
甚至连栅栏都不曾有

点烟

清晨落雨
风把一片又一片的落叶
揪着领子拖进水塘
拖到池水中央
像黑夜拖一片白云

一个中年男人走在雨中
他驼着背，没有撑伞
面露难色
忧心忡忡
雨水打湿了他的头发、眼眶
和扣子丢失的衣裳

他掏出一盒烟
动作如同电影慢动作
小心擦去水珠
拿出一支
此时我的目光转移到
我泥泞的双脚
等到走了十几米
再回头看他时
那支烟含在他嘴里
仍然没有点着

在桥上

灯火稀疏
四野无人迹
每当我这样独自想起你
就开始不自觉地
怀疑起生活的真实性
不自觉地叹息
或者
不自觉地笑出声来

天空异样的冷静
你我却整日栖栖惶惶
此时你在做什么
是否和我一样
面对突如其来的闲暇
不知如何是好

一弯新月从云中升起
一条小船在岸边晃悠

有些事

有些事
有必要说说清楚
遇到你之前
我并不如此幼稚
我投机取巧
察言观色的习性
也不生来有之

有些事
有必要说说清楚
原本我身无长物
对一切毫无顾忌
唯独对你时刻感到
患得患失
仿佛下一刻就会
离去

有些事
有必要说说清楚
常常锁住我眉头的
不是迷离的烟雾
是我对未来看不清楚
此刻我眼眶湿润
不是因为忧心忡忡
是我这里刚刚下起了小雨

自白

无论几点
凌晨或者半夜
只要醒来
就无法再安然入睡了
这与年纪有关
也与你有关
但我并非失眠症患者

事实上
我不算什么好人
但时刻想为你偷偷做点好事

即兴

所谓成名
最终不过是为了娱人
而意要娱人
必先愚己

生命这样短
我要做我喜欢的事情
至于能否娱人
那是别人的事情

你也秋天极了

秋日午后
远方吹来清凉的风
白色衬衫上一半阳光
一半暗影
我觉得
我有必要出去走一走

路边草木蓊郁
与满地的落叶一起
代表这个季节的
复杂情绪
你知道
不是所有的清晨背后
都有太阳
不是所有的阴影背后
都有围墙
秋天是什么呢
秋天是终日无事却若有所思

这个季节
总有人在匆匆离去
还好你

不像他们一样
虽然，你也秋天极了
但你比那个盯着天空流泪的白痴
和那些躲在阴影里等待春天的落叶
都更善良

落叶的日子

鼻烟色的天
我翻开一本多日不读的书
连环衬页起了皱褶
有发霉的特有的香
嗅了良久
十分好闻

落叶的日子里
我时常想你
时常要你遗世独立
风中飘零
要这世上就只剩你一人
我做你孤寂的影子

我想要在深秋里
与你相逢
那天
最好有太阳
我捡一片不起眼的黄叶
在不起眼的时刻
或者地方
送给你

你喜欢，不喜欢
我都会送
我了解
你终会知道这其中的意义

落叶属于秋天
落叶属于爱与不爱之间
我如光影中的尘埃一般
萍踪浪迹
是因为我在
不断向你走近

狗尾巴草

午后一个人
在园子里转悠
若非搔首踟蹰
无所事事
断不会与几株狗尾草
发生关联
近日里昏昏沉沉
生活的网
代替了原有的镜子
我试图亲近它
它却像黄蜂一样
蜇疼我

这里原本是一摊烂泥
在蚯蚓与荆棘的阴谋里
狗尾巴草只是
地道的不速之客
日光从李子树的缝隙里
找到了它
它就理所应当地生根发芽
路边无人时依然摇曳如花

我不曾料及
是几株狗尾巴草
部分挽救了我的心情
我想，我轻而易举地
折下了它
不是它的噩梦
而是它的希望
毕竟，对它而言
对这片土地而言
它的离开
才更加喜闻乐见

蓝天

渐渐入秋
天空比我想象中的
要更蓝
蓝得彻底，坦白，毫无保留
蓝得像把灵魂交了出来
蓝得让人心疼
你也让人心疼
在这貌似温柔的世界
你和云雾一样进退两难
你和蓝色一样孤孤单单
你的身边只剩下一棵倔强的树
你的心上
只剩下我

自由时刻

这是我所期待的一场大雨
一地的落叶随着水流
漂走又停下
停下了就不再漂走
大地清洁，天空干净
过路的飞鸟眼神清澈

没有太阳
也就不存在阴影
九月的多雨的城市
灵魂无主
我不希望雨水停下
但不等同于我不希望阳光明媚
雨过天晴

我沾满泥泞的鞋子
有一肚子的难言之隐
它走过了太多的地方
因此有了过多的思想
这是它所期待的一场大雨
连同满径落叶
被它质问
九月的多雨的城市
我躲在湿透的袜子里头
甚至对一双拖鞋充满了幻想

心之忧矣

他把生活过得滴水不漏
诚诚恳恳地吃每一顿饭
风风火火地面对现实
他喜欢日不暇给的生活
却不愿修好墙上停摆的挂钟
因为他知道
饱经风雨的八月的日子
一往无前
再不会回来了

心之忧矣
其谁知之
心之忧矣
其谁知之

生活与煤炭

盼望一场远行
独自，漫无目的
比如搭上一趟列车
坐在窗边，不问前途
无关意义
轻身向更远的时辰里漫溯
孤零零做一场大梦

人们逢场作戏
费尽心机，购买衣裳、食盐、茶水和米
却不见有人为月光买单
包括太阳、诗和空气

生活如煤炭般沉寂
偶现零星之火
不过都是些疲顿的余烬
我们面面相觑
相互鼓励
浪费着生命的
每一次灿烂而孤独的瞬息

天色将晚

初冬的寒风
陆陆续续在窗边靠岸
我躲在一间光线暗淡的小屋里
静静坐着

鸟声清脆，穿过小雨
随一片枯叶
从干净的玻璃上
缓缓滑落

我真想跟你说说话
尽管有时你的双唇
和你的影子一动不动
但我仍然听见你的声音

天色将晚
小屋里没有点灯
而你的每一次细微的呼吸
都将成为我们之间的光

我不太会说话
所以，你常常找到有趣的话题

关于爱情和夜晚
关于春天和偶然

如果实在无话可说
我们还可以聊一聊天气
或许，小雨不会持续一整夜
或许，明天会下一场雪

欲雪

不只是道路
天空和树木都很紧张
云和风匆忙中打个照面
又彼此分别
仿佛根本不曾相识
窗外的一棵苦楝树
枝头最后一片枯叶，摇摇晃晃
始终不肯落下来

雪意隐藏着
万物都在寒冷背后
等待上岸
只有一只瘦长的乌鸦
它贴地飞行
在人间静默的时刻
朝着更寒冷的地方
孤注一掷

我也想像它一样，你说
这个世上许许多多的地方
都有人早早看穿了雪意
但他们之所以不说

只是因为
害怕失去

所以请你抱紧我，你说
这个世界很快就会大雪纷飞
所有的秘密都会被白色覆盖
为了雪后的乌鸦
不至于找不到落脚之地
现在，我们必须抱紧对方

家乡正下着大雪

清早，在寒风中袖着手打着寒战
鼻子被冻住喘不过气来的时候
母亲告诉我
家里正下着大雪

我记不清这是第几次
通过母亲的电话
才知道家乡正在下雪

因为鼻涕快要流下来
我憋住呼吸
一时说不出话
母亲叹了一口气
提醒我保暖添衣

是夜

他递给我一张照片
我看的时候他不停地喝酒
是一个眼睛大大的长发披肩的姑娘
不过再怎么看
长相也都很普通

外面下起了小雪
他去温第三壶黄酒
桌上的螃蟹不怎么肥
但五味俱在
酒后食之并不算坏

他没有跟我具体聊起她的情况
他把照片要回去
仔细看了一眼
端起酒杯
把一声叹息揣进口袋

小酒馆灯光昏暗
椅子装了坐垫十分柔软
他沉湎于往事醉意渐浓
夜色深沉
窗外大雪静静地飘落
仿佛永远都不会停

长虹饭馆

想要视而不见已不可能
他仍旧坐在饭馆门口
当然与前几日不同的是
今天阳光明媚
今天，他处理得是一堆芋头

长虹饭馆是他儿子所开
厅堂狭小，厨房污秽不堪
白日里无人入内
傍晚偶有工人光顾
他们大吼大叫
无一不提着一瓶牛栏山

如果不出意外
我每天经过
他都会坐在那里埋头择菜
与其说他埋头择菜
不如说他被菜掩埋

他蓬头历齿，沉默，卑微
甚至不如笼中养着的几只公鸡神气活现
但他始终如一并非毫无理由

他的儿媳妇气势汹汹
他的儿子似乎对她言听计从

我曾试图与他交谈但我并无由头
他曾试图离开饭馆但他只会择菜
我路过饭馆时油烟弥漫呛人口鼻
但我竟希望有人愿意以身犯险来此就餐

当温暖的阳光再次悄悄
抚摸着他的右侧脸颊
我深知，他再难撇去与这个世界和
这堆芋头的
那一点不曾预见的关联

没有风

一场蒙蒙细雨悄然而至
世上唯一的部分干燥
在孤独者的脚底

忽略了庸常的冬季
包括无比忙碌的人群
但无法忽略寒冷

自私的人在寂静中窃窃私语
捂住无所事事的耳朵
禁止所有高尚入内

混浊会以混浊的结局收场
明天会以明天的方式来临
一切的高明伪装在水中
都有赤裸的倒影

灰蒙蒙的细雨之中
沉默的河流
淋湿的鸟
没有风

关于老去

从一个多雾的清晨开始
我发觉故乡的鸡鸣充满暧昧的味道
我莫名怀疑起公鸡的自我意识
在皓月当空的冬日黎明
它清清嗓子每日大呼小叫
是出于喜欢还是发泄厌恶情绪
它是不得已而为之，还是生来习惯使然
这或许要在一个每日起早贪黑的工人口中
才能勉强说得清

在鸡鸣以前他就已经悄然起床
太阳从大海的尽头缓缓升起的时候
我的父亲，那个五十岁出头的男人
棉衣棉裤，耳罩手套，全副武装
他骑着摩托车艰难地走在冷风中
一束鲜红的晨光
无意中找到了他后脑勺左侧的
那一撮他尚未发觉的白发

我没有告诉他这一普通的事实
我的眼睛努力寻找世界尚且稚嫩的证据
灰蒙蒙的海浪无力地拍打着沙滩

在海滨大道的一个红绿灯面前我们停下
我们同时看向大海，彼此无言

显然，对于如何面对老去
我们爷俩儿都还没有充足的打算

镜中

阳光照在灰白的墙上
一架梯子通往树顶
麻雀的影子颤抖着
被凌乱的枝丫和白云包围

我照着镜子
看自己像看一块路牌
它指向生活的远处
在围困与被围困之间

无人驻足的冬日黄昏
唯有一些有关你的记忆值得喜欢
此外，世界空空荡荡
屋顶有它接近痛苦的灰
天空有它神秘莫测的蓝

菜市场

与母亲同逛菜场
路人如织举市呶嚷
寒冬的乡间街头
并不缺少往常意义上的生活气象

找不到一块完美的五花肉
这使我们倍觉遗憾
要知道火炉和胃都早早备下了
一盆红烧肉对于冬天而言
意义的无限解读是可以被预见的
这就像夜灯之于迟归的游子
暴风雪之于牧羊的少年

几条活鱼尚且游得欢畅
是增氧泵令它们灵魂自在
还是老板手中的尖刀令它们感到恐慌
我不是很清楚
但清楚的是它们三五成群相依为命
它们需要一锅热水才能找到生命的白
同样，隔壁小摊有数种活虾
神气活现手舞足蹈
足以使人们相信它们依旧生活在海洋

宰鸡都用上了自动机器
一只公鸡被扔进去
不出十分钟就可以下锅炖煮
杀人不见血也不过如此
而此时另一只公鸡气定神闲地在旁边散步
它目光炯炯神采奕奕
火红的羽毛像一丛火焰点燃路人的鞋
我想它必定意识到了某种危险
但它不得不引颈就戮
我想到我很多时候也意识到某种危险
但我不得不生活在里面

但我可以选择走出菜场
但我的母亲需要继续游逛
但我的生活还不能缺少母亲
但我的母亲离了我就等于离了太阳

足够的光

没有人有足够的光
可以照见你

寒风中的小楼
落叶堆积的院子
孤独者
在这里寻找
新鲜的孤独感

粗重的铁锁在风中生锈
破旧的木门隔开黑夜与白天
我们无一例外
终将与头顶的蓝天疏离
与脚底的尘埃相拥

所以你的世界走得越远
你就会越发感到孤单
你所寻找的生活意义
正是你悲哀的源泉

没有人有足够的光
可以照见你

命运远远凝视着我
在空旷的废弃厂房里
我远远凝视着
时间，短暂地停留在
任港路上寂静的冬天

今天

墙上有一只死去的飞蛾
时隔多日它仍然保持振翅的姿态
它未曾想过最后一次飞行的意义
以及死后不可接受的境遇
比如此时被我凝视

这个冷热无常的冬季
不过在你哭泣与微笑之间
还有你的手向我靠近然后离开
没有到达的那部分距离

一个人无法左右另一个人的命运
但终有一天有人会把飞蛾清理
不问它的往事和来历
彼此勉强地做出交代
而你我迟早都会
像它一样

我们穿梭在雾中相对无言
我们对未来做出过分准确的判断
所以总认为明天会如约而至的人
不免会万念俱灰

除非你把人生当成一场无关紧要的际遇
除非你料定这就是最好的结局

平凡的清晨

一个平凡的清晨藏有许多的可能性
尽管背对着遥远的爱情
但我仍能感受到大雪静静地飘落

十二月逐渐衰老
世界是你在无数个窗子背后
忧心忡忡的眼睛

长长的石阶最后可能通向大海
我们从不梦见皆大欢喜的结局
我们从不多言

寂静的巷子尽头
哭泣和梦呓不再被禁止
惊醒的枯叶发出绝望的回音

这世上有许许多多的人
但我无法找出其中一个
可以为我复刻昨夜的梦魇

树影在风中摇曳
渐渐拼凑出满天的乌云

如青苔一般爬满你疲惫的脸

此时此刻
我决定专心地往低处走
从而忽略一些崇高的寓意

一个平凡的清晨藏有许多的可能性
我重新翻开昨夜的你
发现痛苦的，永远是旁观者